Dirk von Petersdorff

Wie bin ich denn hierhergekommen

Dirk von Petersdorff

Wie bin ich denn hierhergekommen

Roman

C.H.Beck

Umschlaggestaltung: Rothfos & Gabler
Umschlagabbildung: Wassermeloneneis im Glas
© plainpicture/miatakahara
Satz: Janß GmbH, Pfungstadt
Druck und Bindung: CPI – Ebner & Spiegel, Ulm
Gedruckt auf säurefreiem, alterungsbeständigem Papier
(hergestellt aus chlorfrei gebleichtem Zellstoff)
Printed in Germany
ISBN 978 3 406 72629 3

www.chbeck.de

Anna lag genau im Lichtstreifen, den der Vollmond ins Zimmer warf. Tim blieb draußen vor dem Haus stehen. Durch das bodentiefe Fenster sah er sie ausgestreckt auf dem Fußboden wie in einem Lichtrahmen. Sie hatte die Arme an den Körper gelegt und die Augen geschlossen. Als sie sich gerade kennengelernt hatten, waren sie einmal nachts mit den Fahrrädern ans Meer gefahren und weit hinausgeschwommen, um das Mondlicht zu durchqueren, um zu wissen, wie es sich anfühlte, da hindurchzuschwimmen. War es ein Knistern im kühlen Wasser? Er versuchte, sich zu erinnern. Sie lag da im Rahmen wie ein Bild, und er rührte sich nicht draußen vor der Fensterscheibe. Das Mondlicht war hell und weiß, da kam es ihm vor, als wäre der Boden eine Marmorplatte, Anna unbewegt und still. Er ging schnell weiter zur Haustür und öffnete sie leise.

Im Ofen glühte ein Holzscheit. Mitte Mai war es noch einmal kühl geworden. Vor dem Ofen lagen im Kreis: ein Paar Socken, eine Espresso-Tasse mit Zuckerdose, ein Haarband, der Plan für die kommende Woche, wie Anna ihn immer anlegte, und ein Taschenbuch, «Einführung in den Koran». Sie kam aus ihrer Mondlicht-Ecke heraus, und sie setzten sich auf den Dielenboden. Sie war noch benommen von ihrer Entspannungsübung, und er sah auf den Wochenplan, eine A4-Seite im Querformat. Für morgen stand dort WARZT, 8:30. Ein Termin bei dem Hautarzt, der seit Wochen ergebnislos gegen die Warzen auf den Füßen ihres Sohnes Elias ankämpfte. Für heute Nachmittag hatte sie ein «J» fürs Joggen eingetragen.

Als er auf das Buch über den Koran blickte, fing sie an zu reden: Als sie für Elias «Räuber Ratte» kaufte, habe sie das in der Buchhandlung mitgenommen, weil sie das Gefühl habe, so wenig zu wissen. «Ich verstehe nicht mal die Schaubilder zum Klimawandel bei Spiegel ONLINE. Und abends sitze ich vor einem schmalen Ofen in einer dunklen riesigen Welt und habe keine Ahnung, was im Koran steht, nicht im Geringsten.» Sie schlürfte den Bodensatz aus ihrer Espresso-Tasse. Tim sah sich das Inhaltsverzeichnis an. Das erste Kapitel hieß: «Das missverstandene Buch. Der Koran im Abendland». Das vierte Kapitel war angekreuzt: «Hauptthemen der frühen koranischen Botschaft».

Sie legte ein Stück Holz nach, ein Birkenscheit, dessen Rinde sich in der Glut sofort zu kräuseln begann und dann Feuer fing. «Was ich nicht verstanden habe: Wieso kommen die gleichen Geschichten im Koran und in der Bibel vor? Zum Beispiel die, mit der Elias aus dem Kindergarten gekommen ist und von der er ein Bild malen soll, mit den sieben fetten und den sieben mageren Jahren, wo die mageren Kühe die fetten fressen oder umgekehrt. Das kommt in beiden Religionen vor, und sie bekämpfen sich.» «Nicht immer», unterbrach Tim sie. «Ja, nicht immer», sagte sie, «aber trotzdem ist das unlogisch.»

«Meinetwegen», sagte er, «aber was heißt hier schmaler Ofen, riesige Welt? Denk an Indien.» Sie unterdrückte ihr aufkommendes Lächeln, weil Tim an solchen Stellen immer mit ihrem Arbeitsaufenthalt in Indien ankam. Der hatte sich als bewundernswert in seinem Kopf festgesetzt, während es ihr im Nachhinein ganz anders vorkam: als sei sie mit und in der Arbeit durch die Welt geflogen, in einer Blase aus Aufgaben und Terminen, die einen umgibt, während die Wirklichkeit nur draußen vor der Blasenhaut wechselt und schillert. Vielleicht war es auch einfach nicht gesund, zu viel über Welt, Wirklichkeit und all das nachzudenken, aber genau das wollte sie andererseits, und sie hatte die Auszeit nach der Geburt von Elias gerade um ein weiteres Jahr verlängert.

Sie stand auf und holte eine angebrochene Weinflasche und zwei Gläser aus der Küche. «Weißt du, eigentlich liegt es daran, dass der Nachmittag ein Fiasko war.» Während sie Weißburgunder einschenkte, begann sie zu berichten: Isabelle, eine neue Kindergartenbekannte, die aus Kenia stammte und seit einigen Jahren in Deutschland lebte, war zu Besuch gekommen. Elias und Isabelles Kinder verschwanden nach draußen, wo sie mit dem Nachbarsjungen einen Baumstumpf bearbeiten wollten. Der Nachbarsvater hatte extra dafür die Kinderspaten noch einmal angeschliffen. «Ich saß hier drinnen mit Isabelle und war unruhig.

Ich konnte nicht sehen, was draußen mit den Spaten passierte, aber ich wollte mich mit Isabelle richtig unterhalten. Du weißt ja.»

Ja, er wusste, sie meinte niederziehende Spielplatzgespräche, in denen Mütter ebenso langatmig wie genau die Nahrungsgewohnheiten und Verdauungsschwierigkeiten ihrer kleinen Kinder oder den Schulablauf und die Hausaufgaben ihrer großen Kinder referierten, mit müde-forcierter Stimme, immer weiter, als ob sie sich beim Reden an einem Geländer entlanghangelten, während auf der anderen Seite das tiefe Nichts gähnte. An solchen Nachmittagen gerate man in völlige Dumpfheit, als ob man stundenlang Fertigkuchen mit Sprühsahne esse, so müsse man sich das vorstellen, und Tim hatte sich ununterbrochen quellende Sprühsahne vorgestellt, die die Sandfläche bedeckte und von den Kindern geduldig mit Schaufeln verrührt wurde, bis ein weißer Sandbrei entstand.

Dieser Nachmittag sollte anders verlaufen, mit interessanten Gesprächen, aber zunächst folgten Anna und Isabelle doch den Kindern nach draußen, um die Lage im Blick zu behalten. Am Anfang war alles ruhig gewesen, Isabelles kleine Tochter erntete Gras aus den Terrassenrillen, zupfte und sammelte die Halme, die Jungs stießen ihre Spaten gleichmäßig in die Wurzeltiefe, und die ältere Tochter der Nachbarn streichelte abwechselnd die Katze und ihr Smartphone. Isabelle erzählte vom Autohandel ihres Vaters in Nairobi und von ihrem Wirtschaftsstudium in München: «Ich habe damals extra wegen der Mathe-Klausuren ein Verhältnis mit einem Typen angefangen, der konnte lineare Algebra – SHIT!», rief sie laut und rannte zu ihrem Sohn, der dem Nachbarssohn den Spaten gegen das Schienbein stieß: «Das ist der Nigerianer in ihm!», rief sie. Ihr Mann war Nigerianer. Anna bekam einen Schreck: Durfte man das sagen, war das in Ordnung, eine innerafrikanische Angelegenheit, sozusagen? «Ich bin ganz ruhig geblieben, habe zu den anderen Gärten hinübergesehen, ob es Reaktionen gibt, und bin dann zu den Kindern gegangen. Ich habe sie überredet, Abwerfen mit dem neuen gelben Softball zu spielen.»

Wieder zurück auf der Gartenbank wollte sie Isabelle auf ihre Flechtfrisur ansprechen. Aber sie habe sich nicht getraut. Für Afrikanerinnen seien Frisuren und Flechttechniken wichtig, das seien Zeichen und Bekenntnisse, sozusagen, und dieser ganze Haarbereich sei kompliziert, da könne man nicht einfach drauflosreden, um sich in der eigenen Unwissenheit zu verfangen. Stattdessen fragte sie Isabelle nach ihrer neuen Arbeit, und die erzählte von ihrem Job bei einem Unternehmen, das Medizintechnik exportierte und sich auf den russischen Markt spezialisiert hatte. Mit ihr im Büro würden zwei Russinnen sitzen, und die würden ständig schlecht über Deutschland reden. Als Anna überlegte, wo sie mit der Antwort anfangen sollte, mit dem Zweiten Weltkrieg, rief jemand laut: «ICH SEH HIER NUR GEWALTHANDLUNGEN.» Es war der

Nachbarsvater, der sich im T-Shirt und mit muskelbepackten Oberarmen auf den Rand des geöffneten Küchenfensters stützte. Tatsächlich lagen die Jungs ineinander verkeilt auf dem Rasen. Irgendwo zwischen ihnen schimmerte der Softball durch, an dem sie zerrten, aber das war noch weit unterhalb der Gewaltschwelle, und warum musste der so brüllen? Isabelle war das erste Mal zu Besuch, und jetzt hallte es noch einmal laut: «ICH SEH HIER NUR GEWALTHANDLUNGEN.»

Anna stand wie angewurzelt auf der Terrasse und blickte die Reihe der Gärten hinab. Genau in jedem zweiten befand sich eines der riesigen, runden Trampoline, die man jetzt überall kaufen konnte. Sie kamen ihr wie Ufos vor. In ihrem Kopf und Bauch begann es zu kreisen, Gedanken wie startende und landende Ufos, und sie wusste nicht, woran sie sich festhalten sollte, und statt an irgendetwas Vernünftiges musste sie ausgerechnet an ihre ersten Management-Seminare denken, nämlich an den DREIBEINIGEN HOCKER DES SELBSTVERTRAUENS, von dem sie dort immer geredet hatten. Dieser Hocker kann nicht umkippen, seine drei Beine sind: «Erstens, Fähigkeiten haben, zweitens, sich anerkannt fühlen, drittens, Verantwortung übernehmen.» Die Jungen waren jedenfalls weitgehend unverletzt, und Isabelle wollte sowieso gerade gehen. Man umarmte sich und sagte «auf bald», «war schön».

«Das war der Nachmittag. Deshalb habe ich mich abends in den Mond gelegt, sozusagen.» Tim blickte sie schweigend an. Sie saßen auf den Dielen, wurden müde, sahen dem Birkenstück beim Verbrennen zu. «Wie ist denn Räuber Ratte?», fragte Tim. «Ach, diese Ratte trägt Räuberkleidung, reitet auf einem Pferd und nimmt allen anderen alles weg, aus Prinzip, einer freundlichen alten Häsin den Klee, den Eichhörnchen die Nüsse und den Ameisen ein Blatt. An dieser Stelle wollte Elias nicht weiterlesen, sondern lieber gleich schlafen. Im Moment hat er wieder mehr Ängste als vor einem Jahr.» Als Tim schwieg und sie aufstanden, fügte Anna noch hinzu: «Übrigens wollen die Nachbarn an einem der nächsten Wochenenden ein paar Spielplatzgeräte aufbauen, für uns alle zusammen. Eine Gemeinschaftsaktion. Es wäre gut, wenn wir dabei sind. Ich habe uns für die Montage der Seilrutsche eingetragen.» Tim nickte.

In dieser Nacht schreckte Johannes hoch. Er saß aufrecht im Bett. Aus einem Traum ruckhaft aufgewacht. Sie lachten ihn aus. Sie lachten mit geöffneten Mündern über seinen heutigen Tag. Ihre Münder waren schwarze Kreise wie auf einem Bild mit lachenden oder rufenden Figuren, das er einmal gesehen hatte, aber er wusste den Maler und den Titel nicht mehr, und aus diesen dunklen Höhlen schallte das Lachen, das er immer noch hörte.

Was war passiert? Am Morgen war er nach Basel gefahren, wo eine frühere Freundin, Katrin, in einem Museum arbeitete. Er wollte sie besuchen, «klar, komm vorbei, ich mach am Freitag eine Abend-Führung», hatte sie am Telefon gesagt, und er könne auch bei ihr übernachten, sie freue sich auf ihn. Er hatte sich immer für sie interessiert, und jetzt hatte er neuen Mut gefasst. Er musste sein Leben ordnen: diese wechselnden Jobs, die er nur mechanisch ausführte und die ihn kaltließen; das langsame Verbrauchen der Erbschaft seiner Eltern; und vor allem die Luft der Einsamkeit, die ihn umgab. Wenn er nach Hause kam und seine Wohnung aufschloss, fühlte er sich nicht mehr frei, dann schlang sich diese Einsamkeit um ihn. «ER IST EIN TRÄUMER», hatte der Fahrlehrer damals über ihn gesagt, als er nicht gemerkt hatte, dass sich vor der Brücke zwei Spuren auf eine verengten und der Fahrlehrer deshalb abrupt bremsen musste. Im Zug nach Basel erinnerte er sich an die Komplimente, die ihm Frauen bisher gemacht hatten; er hatte dunkelbraune Locken, seine Augen konnten ins Lodern geraten, eine markant-männliche Nase, feine Gesichtszüge, und er war hager, aber das konnte man auch athletisch nennen.

Als er durch den gläsernen Eingangsbereich des Museums trat, sah er die Besuchergruppe schon um Katrin versammelt. Er stellte sich dazu. Sie lächelte kurz und unauffällig herüber, während sie mit ihren einführenden Worten fortfuhr. So konnte er sie in Ruhe betrachten: das lange, schwarze Haar, noch viel schimmernder, als er es in Erinnerung hatte. Und wie diese Pracht jetzt auf einem feinen, weißen Wollpullover ruhte! Ihre Formen, von der Schulter abwärts: genau die lebendige Schwere und Fülle, nach der er sich sehnte. Genau das Gegenteil von den zerbrechlichen Tänzerinnen auf den Bildern, die sie gerade erläuterte. Sie war beim Sprechen leicht errötet, sie hatte die Stelle als Kuratorin noch nicht lange, und als sie nun erneut zu ihm herübersah, wurde sie noch ein wenig röter. Das gefiel ihm: Die anderen in der Gruppe mussten denken, dass sie einmal etwas miteinander gehabt hatten. Aber dazu war es leider nie gekommen, selbst auf der ganz heißen Madrid-Exkursion nicht, auf der doch zahlreiche Hüllen gefallen waren und er sich knapp vor der Erfüllung wähnte. Später hatte sie ihm, vielleicht zum Trost, eine selbst bemalte Stehlampe geschenkt, in Regenbogenfarben. Die stand treu in seiner Wohnung, und als er sie neulich Abend gegen die Dunkelheit einschaltete, hatte er beschlossen, Katrin zu besuchen.

Aber jetzt musste er sich auf ihre Erläuterungen zu den Werken von Edgar Degas konzentrieren, der offenbar ununterbrochen Tänzerinnen gemalt hatte: Ballett-Mädchen vor und nach dem Auftritt, allein und in Gruppen. Während Katrin darüber sprach, trat ein kleiner älterer Herr mit braunem Samtjackett und sauber hochgewellter Frisur hinzu. Die Hände in den Taschen, lächelte er in Katrins Richtung. Sie grüßte nickend, wurde wieder rot und begann, schneller zu sprechen. Johannes erinnerte sich, dass sie am Telefon einen berühmten Professor erwähnt hatte, der dem Museum verbunden war und vielleicht an der Führung teilnehmen wollte, was sie aber nicht hoffe. Nun steckte sie in ihren Worten fest, «sehen Sie, wie diese Tänzerin das Tutu überstreift, während diese hier das Tutu schon trägt». Sie stieß das Wort «TUTU» wie einen hohen Vogellaut mehrmals aus und sah Hilfe suchend zu dem Professor herüber: «Aber vielleicht möchten Sie dazu einige Hintergrundinformationen geben?»

Der zog langsam die Hände aus den Taschen, wandte sich der Gruppe zu und breitete die Arme aus, in den Raum hinein: «Wenn Sie die Entwicklung von Degas' Werk betrachten, wie sie hier dokumentiert ist ...» Und dann sprach er von den heilen und ganzen Körpern im Frühwerk, die später ihre Kontur verlören, unvollständig wirkten, «zusammengesetzt», während Johannes zwischen Mitleid mit Katrin und Ärger schwankte: darüber, dass sie nun dreiunddreißig waren und sich zurückdrängen ließen wie mit Mitte zwanzig. Warum setzte Katrin sich nicht durch, eine große Frau gegen diesen Ober-Zwerg, der gerade triumphierend «Sehen Sie hier, dieses Bein sieht ja aus wie eine Prothese!» rief. In seinen zufriedenen Rundumblick hinein sagte Katrin einen Satz, den er als «RICHTIG» bezeichnete, um sogleich wieder das Wort zu ergreifen.

Wir sind selbst schuld, dachte Johannes, wir haben die Sicherheit nicht, wissen nichts von dieser heilig-großen

«Entwicklung» überall, wie es kommen musste, sondern laufen nur herum und verlieren uns in den Dingen. Wie kann man so laut «RICHTIG» sagen und dabei auch noch genüsslich schnalzen? Uns fallen immer gleich die Widersprüche ein: Sind die frühen, die richtigen Frauen von Degas nicht doch viel schöner als die späteren, abstrakten, die nur noch herumflattern? Doch, Johannes fand sie auf jeden Fall schöner, und grummelnd folgte er der Besuchergruppe. Später saß er mit Katrin in ihrem Büro. An dem runden Besprechungstisch ließ sie einen Stuhl zwischen ihnen frei. Als er fragte, wie es ihr ginge, und als er sie hoffnungsvoll ansah, erklärte sie ihm ihr neues Ausstellungskonzept: Irgendwelche Gegenstände, die im 20. Jahrhundert ihre symbolische Bedeutung verlieren, er hörte nicht richtig zu. Sie nahm eine Mappe mit Farbkopien, «sieh mal hier, eine sowjetische Bäuerin, eine Kolchos-Bäuerin». Die trug ein hellrotes Kleid und fuhr Fahrrad an einem Feld entlang. «Die Frage, die wir uns stellen, ist: Interessierte den Maler die Kraft der Revolution? Oder etwas ganz anderes?» Ihn interessierte auf jeden Fall etwas ganz anderes, aber sollte er jetzt darauf antworten?

Sie blätterte weiter und zeigte ihm ein Bild, auf dem ein halb schläfriger Mann sich auf einem Brett durch ein Moor stocherte. Birken waren zu sehen, und eine der Birken wechselte ganz seltsam die Wuchsrichtung. Daneben Schilfgras sowie ein überdimensionaler Pilz, der eingeschnitten war und durch den man wie durch ein Fenster zu einem Haus mit Innenhof sah. Außerdem zeigten Kunststoffpfeile aus dem Pilz heraus in verschiedene Richtungen: insgesamt völlig planlos. «Das passt doch zu dir, oder?», fragte sie. Er sah sie immer noch lächelnd an, obwohl er merkte, dass ihr Rendezvous sich in keine gute Richtung entwickelte. «Du, ich muss jetzt los. Ich übernachte bei meinem Freund, wirf meinen Wohnungsschlüssel einfach morgen früh in den Postkasten.» Sie legte ihm die Hand auf die Schulter.

Also stiefelte er allein zum Ausgang. Im Vorbeigehen sah er in einem der Museumsräume riesige Seerosenbilder, die ihn noch mehr deprimierten. Die waren von dem anderen Maler, dessen Namen er vergessen hatte und der am Ende seines Lebens immer nur Seerosen in Teichen gemalt hatte, nur Seerosen, nur Teiche, die vor sich hin schillerten und nichts anderes konnten als schillern. Abgefertigt, dachte er, sie hat mich abgefertigt, sie hat gar nicht wahrgenommen, wer ich bin. Sie muss in ihre Spur hineinfinden, braucht keine Ablenkung mit irgendeinem Johannes von früher, Frauen können so grausam sein, und ich weiß nicht einmal, welche Spur für mich vorgesehen ist.

Vor dem Museum stand ein Kind, blies in eine Pusteblume und sah zufrieden zu ihm hoch. Einige Samen blieben in seinen Locken hängen. Er ging weiter und stieg in die rüttelnde Straßenbahn. Drei Stationen. Er schloss die Augen und stellte sich Katrin in dem roten Kleid der Kolchos-Bäuerin vor. Sie radelte auf einem einsamen Feldweg auf ihn zu und würde gleich abspringen. Das Bild wischte er mit einer Handbewegung ärgerlich zur Seite. Eine Chinesin, die ihm gegenübersaß, stand ängstlich auf und setzte sich in den vorderen Teil des Wagens.

Bei Katrin zu Hause schaltete er sofort den Fernseher ein. Aber was sollte das nun? Ein Mann bewegte seinen Kopf schnell zwischen den Brüsten einer Frau hin und her und machte dabei seltsame Geräusche, während eine Stimme erläuterte, dass es sich um «MOTORBOATING» handele. Was für Programme sah Katrin denn? Hatte sie das abonniert? Oder war er ins Pay-TV geraten, und Katrin würde eine Rechnung erhalten, mit Datum, und sie würde rekonstruieren, dass nur er an diesem Abend in ihrer Wohnung gewesen war und perverse Sender gesehen hatte? Zitternd schaltete er sofort aus – vielleicht war das noch unterhalb der Grenze des Messbaren.

Er ging in ihre Küche, die Sperrholzwände wie seine besaß. Auf einem Campingtisch in der Mitte stand eine Topfpflanze mit lappig herunterhängenden Blättern, länger nicht mehr gegossen. Wahrscheinlich lebte Katrin ständig bei ihrem Freund. Im Schrank fand er eine Pflaumenschnapsflasche, unten bauchig, langer, schmaler Hals. Er schenkte sich vorsichtig ein. Er musste über Frauen nachdenken, obwohl er wusste, dass dies kein günstiges Thema war, wenn er stabil bleiben wollte. Denn Frauen waren stärker als er. Sie besaßen emotionale Kraft, den Willen, die Entschiedenheit. Frauen, die Männer packen, anheben und an einen Wandhaken hängen. Das stand schon im Nibelungenlied: Brunhilde, eine Herrscherin, hängte ihren Mann oder einen anderen, der ihr Mann werden wollte in dieser Nacht, an einen Kleiderhaken, so hatte er das in Erinnerung. MOTORBOATING mit Brunhilde. Er nahm sich noch einen Schnaps, trank ihn schnell, füllte das Schnapsglas zwischendurch mit Wasser und goss der traurigen Pflanze ein.

Frauen konnten sich ihrer Sache so sicher sein. Er hatte gelesen, dass eine Hollywood-Diva, nicht Liz Taylor, aber so ähnlich, nur jünger als Liz Taylor, eine Diva der nächsten oder übernächsten Generation, jedenfalls hatte sie gesagt: «Auf meine Haare konnte ich mich immer verlassen. Ich habe auf sie gehört. Meine Haare haben mir immer gesagt, wann es Zeit war zu gehen.» Er nieste und trank, wobei ihm Tränen in die Augen traten. Wie unfassbar eins mit sich selbst musste man sein, wenn die Haare wussten, was zu tun war und es einem auch noch sagten? Was hatten ihm seine dunkelbraunen Locken, die doch gar nicht so übel aussahen, jemals zugeflüstert? Nichts, gar nichts, Stille herrschte in seinen Locken wie in dieser Wohnung. Wenn er an seine Beziehungen dachte, dann waren sie höchstens mittellang, im Nachhinein peinlich, jeder Enthusiasmus eigentlich doch nur ein Herumstochern im trüben Grund, er durfte nicht daran denken. Er wollte so gerne an die frühe Phase mit Katrin andocken und mit ihr direkt ins richtige Leben abbiegen, was er damals versäumt hatte.

Er war dran mit einem Schnaps. SCHWEIZER QUALITÄTSPRODUKT, das konnte er bestätigen. Er stieß mit der Pflanze an. Pflanzen konnten sich schnell erholen. Am Abend waren sie fast tot. Am nächsten Morgen standen sie straff-lebendig da, als sei nichts gewesen. Primeln, zum Beispiel. Ein Schluck Wasser und schon wie neugeboren, das macht doch Mut. Er musste erneut niesen. Wahrscheinlich war das eine allergische Reaktion auf die Sperrholzwände, die vor Jahrzehnten mit einem irrsinnigen Chemie-Kleber angepappt worden waren, der später verboten wurde. TOTENKOPF-KLEBER. Eine rosa-giftige Masse, die sich hinter den Sperrholzplatten als Wurm aufblähte und ihn attackierte. «Ruhig, Brauner», sagte er zu sich selbst, «Hufe ruhig halten.»

Er ging ins kleine Nebenzimmer, wo eine Gästematratze für ihn bereitlag. Er schlang das große Kissen um den Kopf, schlief ein, wachte aber ganz schnell wieder auf. Und das war der Traum: Er war zu Besuch auf einem Bauernhof. Der Bauer hatte ihn gefragt: «Kannst du den Ziegenbock umpflocken?» An das Wort «umpflocken» erinnerte er sich genau, weil er es im Traum zum ersten Mal gehört hatte. Er versuchte, den dicken Stock, an dem der Bock auf der Wiese festgebunden war, aus der Erde zu ziehen. Dabei hatte er den Hammer, den er später zum Wieder-Einschlagen brauchte, unter den Arm geklemmt. Dadurch konnte er zu wenig Kraft einsetzen. Der Bock sah ihm aufmerksam zu, und sobald der Stab frei war, begann er zu zerren, drückte sich im Wiesenboden ab und machte sich lang. Er war sehr kräftig, Johannes hielt dagegen, hatte aber plötzlich Angst, den Bock zu würgen: «Was wird der Bauer sagen, wenn der Bock erdrosselt niedersinkt?» Daher ließ er etwas nach, hielt aber die Leine noch und geriet ins Laufen, ins Stolpern, den blöden Hammer immer noch in die Achselhöhle geklemmt, statt ihn fallen zu lassen. So eilten sie über die spöttisch-grüne Wiese. Vor ihm der freudig galoppierende Bock, hinter ihm das Gelächter der Bauersfamilie, die auf der Veranda Kaffee trank, Kuchen aß und ihm zusah. Dieses Gelächter von der Veranda, diese geöffneten Münder: Davon war er aufgewacht.

Woran sollte er jetzt hoffnungsvoll denken? Nicht sentimental werden, kein Selbstmitleid: nicht an seine Mutter, die aus dem Bratkartoffeldampf herüberblickte und «Schnuffel-Puffel» zu ihm sagte, nicht an seinen Freund Tim, der verheiratet war und ein Haus, ein Auto und eine schöne Frau hatte wie in diesem Song mit dem Refrain «Letting the days go by, let the water hold me down» und dem Video, in dem ein Mann im Anzug seltsame Gymnastik machte, und vor allem nicht an Anna, lächelnd über ihn gebeugt, als er aufwachte, wie der erste Morgen – er presste das Gesicht ins Kissen.

Am Samstagvormittag stand Tim im Bad und rasierte sich gründlich. Denn seine Mutter, die er am Wochenende besuchen wollte, liebte unrasierte Männer nicht. Er freute sich auf die Autotour in den Norden, von Thüringen an die Ostsee, das passte, er konnte fahren, wie er wollte, ohne Bemerkungen zur Geschwindigkeit parieren zu müssen. Zackig Spuren wechseln und den Blick über die Rapsfelder schweifen lassen, die jetzt blühen müssten, weit ausgedehntes Gelb vorm Himmelsrund, draufzufahren. So in Gedanken ging er mit dem Rasierapparat ans Badezimmerfenster, sah in den Garten hinunter und dachte unwillkürlich: DIE NÄCHSTE GENERATION!

Denn der Fuchs, der dort herumlief, war nicht der alte, den er aus dem Winter kannte. Der wirkte schlaff, mit hängender Haltung und räudigem Fell war er nah am Boden geschlichen, ein Melancholiker, trippelnd und nachdenklich. Aber dieser hier, vielleicht sein Sohn: Der war straff, hatte selbstbewusst-glänzendes Fell. Federnd lief er durch den Garten, hierhin, dahin, benahm sich gar nicht wie ein Fuchs, sondern wie ein unbekanntes, neueres Wesen, das sich ausprobiert. «TAPP-TI-TAPP», sagte Elias unten laut, offenbar den Gang des Fuchses nachahmend. «Siehst du ihn auch?», rief er, «Papa, der Schwanz ist super buschig.» Auch das stimmte. Tim sah ihm nach, wie er dahintrabte, sich flach machte, unter dem Zaun durchschob und dann im Naturschutzgebiet, das an ihren Garten grenzte, verschwand.

Unten klingelte das Telefon, Elias war schon dran. «Es ist OMA!», rief er nach oben, «schon da!», rief Tim auf der Treppe. «Bist du noch nicht los?», fragte seine Mutter. «Auf dem Sprung», antwortete er. Sie berichtete von einer Wasserkur, die sie soeben begonnen habe. Diese diene der Reinigung von Körper und Geist. Zum Frühstück habe sie 1,5 Liter Wasser getrunken. «Darüber können wir heute Nachmittag in Ruhe reden», sagte er mit fester Stimme. Die Gesundheitsfragen waren ein Reizthema zwischen ihnen, weil er meinte, Verantwortung für seine Mutter zu besitzen, während sie meinte, dass er sie bevormunden wolle und trotzig Selbstbestimmung einklagte. «Ich seh ihn wieder!», rief Elias, der jetzt mit einem Fernglas am Fenster stand. «Behalt ihn im Auge.»

Am späten Abend, als seine Mutter schlafen gegangen war, saß Tim noch in T-Shirt und Boxershorts auf seinem alten Klavierhocker. Das Klavier war nicht mehr da, aber auf dem Hocker konnte er sich herumdrehen. Seine Mutter heizte gerne auf unglaubliche Temperaturen hoch, sodass er froh war, durch die Drehbewegung Luftzug zu erzeugen. Sie hatten ausführlich über die Wasserkur gesprochen, über die Mengen und die Tageszeiten, zu denen getrunken wurde. «Wie lange willst du das durchhalten?» «Zwei Wochen lang.» Die Anleitung dazu hatte sie von der jungen koreanischen Ärztin erhalten, die der Doktor vor Kurzem in seine Praxis aufgenommen hatte. «Hannchen und Huschel machen das beide schon seit drei Tagen, und ihnen geht es gut.» Das waren ihre Kartenspielfreundinnen, mit denen sie um kleine Beträge Canasta spielte, Fisch essen ging, wenn die Kasse voll war, und sich ansonsten regelmäßig stritt, um sich wieder zu versöhnen, und Tim seufzte: «Gut, aber berichte in den nächsten Tagen, wie dir diese Wassermengen bekommen.»

Er stieß sich mit den Füßen ab und brachte den Hocker wieder zum Drehen. Drei Umdrehungen mit einem Anstoß, genau wie früher, immerhin. Aber was hieß das: alt zu werden? Alte Menschen sitzen in Sommernächten auf Terrassen, der Zikadengesang rundherum ist so laut, die Nacht ein einziges Zirpen. Aber sie hören nicht das Geringste davon und schütteln nur den Kopf, wenn man sie darauf anspricht. Wann fing das an? Befand er sich auch schon auf dieser schrägen Bahn, auf der man Herrlichkeiten nicht mehr sieht und fühlt und schmeckt? Die durchschnittliche Lebenserwartung für Männer betrug 78 Jahre, und er war noch einige Jahre unter der Hälfte. Aber man musste aufpassen! Die Welt wird enger, alles nimmt ab, alles schwächer, irgendwann wachsen nur noch die Ohren. Und er hatte ohnehin schon Segelohren. Irgendwann würden sie unter den Haaren wieder zum Vorschein kommen, alt und verwirrt würde er dastehen, und seine Ohren würden leuchtend in die Dunkelheit ragen. Diese Segelohren hatte er zudem an Elias vererbt, wie Anna gelegentlich bemerkt hatte – er drehte den Hocker zurück und dachte an den heutigen Nachmittag.

Seine Mutter hatte ihn natürlich nach der Familie befragt. Und was macht eigentlich dein Freund Johannes? Bei der Arbeit alles in Ordnung? Er hatte von zu Hause erzählt, ein paar Szenen mit Anna und Elias, die er sich während der Autofahrt zurechtgelegt hatte und von denen er wusste, dass sie seiner Mutter gefallen würden. Die Frage zu Johannes überging er. Schon dieser nur scheinbar unauffällig-freundliche, untergründig aber spitze Ton, in dem sie immer sagte: «Dein Freund Johannes.» Sie sah Johannes als eine Art Absturzgefahr für ihren Sohn an, als die Verkörperung seiner problematischen Anteile, als seine unrasierte Hälfte, Tim wusste das genau. Hinzu kam, dass sie glaubte, dass Johannes es auf Anna abgesehen habe. Das sei auch logisch, eben wegen seiner teilweisen Ähnlichkeit mit Tim: «Ich habe einmal in der Küche beobachtet, wie er sie beobachtet hat. Du weißt schon, wie.»

Von der Arbeit berichtete er nur kurz, weil er sich nicht daran erinnern wollte, dass er bei der letzten Marktanalyse geschummelt hatte. Ein Problem hatte sich aufgetan: Er musste eine Vorlage für den Vorstand schreiben, es ging um den möglichen Zukauf eines Datingportals, und in den Angaben zum Marktpotenzial hatte er einige heikle Punkte verschwiegen oder zugedeckt, weil er einfach nicht weiterwusste und die Daten nicht ermitteln konnte, während die Zeit der Fertigstellung drängte. Einmal hatte er Anna wie nebenbei um Rat gefragt, aber gerade, als sie antworten wollte, kam ein Anruf, und später war er zu stolz, hatte

Angaben erfunden und schnell vergessen, dass sie erfunden waren. So war er in einen Zustand zwischen Wirklichkeit und Fantasie geraten wie früher oft. Seitdem hatte er auch Angst wie früher, und wenn sein Chef hereinkam, war es wie in der Schule, wo man aufpassen musste, nicht rot zu werden, nicht auf den Tisch zu blicken, sondern offensiv zu lächeln, denn das Geheimnis lag für die anderen unsichtbar hinter der Stirn. Seitdem träumte er auch wieder von der Schule: endlich zum Mathe-Kurs gehen, weil man sonst durchs Abitur fällt, und dann geht man am nächsten Dienstag wieder nicht hin, und man ist ganz verzweifelt im Traum, weil man in Mathe doch eigentlich auf einer Drei steht, es ist absurd, nicht hinzugehen, es wieder zu vergessen gegen alle Vorsätze. Mit jeder Woche wird es unwahrscheinlicher, das Abitur zu bestehen, obwohl sonst alles in Ordnung ist, nur der eine, eine Kurs fehlt, man wacht schweißgebadet auf. Tim drehte sich wieder auf dem Klavierhocker, um die Gedanken zum Verschwinden zu bringen – dreimal drehen, hui, fliegt die Sorge aus dem Kreis heraus.

Aus dem Bücherregal ragte ein schmales graues Buch hervor. Ein Bildband, den er als Kind oft durchgeblättert hatte: Auf großen, farbigen Bildern ist ein mittelalterlicher Totentanz zu sehen. Der Tod ist ein lebendiges Skelett und hat sich ein Tuch umgeschlungen. Er biegt und dreht sich und macht seltsame Ausfallschritte, fasst die Menschen an und zieht sie mit: «IHR MÜSST EINEN TANZ NACH

MEINER PFEIFE WAGEN.» Tim blätterte weiter. Das Tuch weht beim Tanzen, der Tod streckt seine Knochenfinger hoch, er wippt, und dann schlingt er sich das Tuch übermütig um den Schädel. Den Ritter lacht er an, die Jungfrau singt: «ICH FOLGE, WEIL ICH MUSS, UND TANZE, WIE ICH KANN.» Dazu spielt er Flöte, beugt und streckt sich, als ob er Gymnastik macht, dieses Lächeln im Unterkiefer – Tim klappte das Buch zu und stellte es zurück. Er legte sich in sein Jugendbett, dessen Sprungfedern quietschten wie früher. Es war eigentlich ein Feldbett, das sein Vater bei der Auflösung einer Bundeswehrkaserne günstig erstanden hatte.

Als er am nächsten Vormittag nach Hause zurückfuhr, machte er noch einen Abstecher an die Ostsee, es war Sonntag, er konnte eine Auszeit nehmen. Er legte sich auf eine schräge, raue Steinfläche am Wasser. Unten hörte man das Anplatschen kleiner Wellen. Die Sonne arbeitete gegen den Dunst, sodass der Himmel als helle Waschküche erschien, in der große Laken trockneten. Als hinter ihm auf dem Uferweg ein Sausen und Klacken zu hören war, wandte er den Kopf, stützte sich auf die Ellenbogen und sah einem Paar nach, das sich auf Inlineskates entfernte. Während der Mann die Arme schwang und ruderte, den Oberkörper angestrengt gebeugt, hielt die Frau beide Hände auf dem Rücken gefaltet, schwang leicht hin und her, ein Dahingleiten wie von selbst. «Die unerträgliche Leichtigkeit des Seins», dachte er, ein Buch, das er sich früher gekauft hatte, weil er den Titel gut fand. Er hatte es nie gelesen, es lag nur auf dem Nachttisch, und auf dem Umschlag ein seltsam geschminktes Liebespaar mit vielen Augen, das sich küsste.

Denn der Titel stimmte, alles war immer leichter geworden: Das erste Zelt, mit dem er und Anna verreist waren, hatten sie von Annas Eltern übernommen. Es bestand aus dunkelgelbem Stoff, dickes, schweres Tuch, und es hatte rumpelnde Riesenstangen. Die Heringe sahen wie alte Brotmesser aus, beim Herausziehen klebte ein halbes Kilo Erde in der Krümmung. Wenn das Zelt nass war, hielt es den muffigen Geruch stundenlang, und dann hatte es ein solches Gewicht, dass sie es nur zu zweit über die Kofferraumkante des rostigen Opel Astra heben konnten, den sie von Annas Tante geliehen hatten.

Im nächsten Sommer verreisten sie mit dem nagelneuen, superleichten Tunnelzelt. Es war hellgrün, besaß biegsame, zusammensteckbare Stangen, die man wegen des fehlenden Gewichts erstaunt in der Hand hielt. Ein Zauber, was man aus dem Zeltsack, der so lang wie ein Unterarm war, alles herausholte: eine feste Hülle für den Abend, in der zwei Menschen lagen und gerne dem norwegischen Regen zuhörten. Der dünne Kunststoff war unverletzlich. Er raschelte, wenn man ihn entrollte oder wenn der Wind im Eingang flatterte. Er raschelte auch, wenn sie sich liebten, wenn ihre Köpfe die Zeltspitze ausbeulten. Grün gefiltertes Sonnenlicht lag auf der Haut. Später schob sie ihm ein Stück Lachs in den Mund. Aus der Gewächshausluft des

Zeltes heraus, den Halbkreisreißverschluss aufziehen, ein paar Schritte über die moosig-rutschigen Ufersteine hinweg, in den kalten Fjord steigen. Bei den ersten Zügen blieb ihm die Luft weg, und er dachte: Gerade hält die Welt die Luft an.

Am Abend lagen die zwei Bierdosen, die er zum Kühlen zwischen Ufersteinen eingeklemmt hatte, auf dem Trockenen. Er starrte sie ungläubig an, denn er hatte sie doch ins Wasser gelegt? Hatte sie jemand umdeponiert? Sollte das ein Scherz sein? Vielleicht von den holländischen Pfannkuchen-Gesichtern aus dem Wohnmobil nebenan, die in Campingstühlen saßen und jede ihrer Bewegungen verfolgten, als würden sie fernsehen und als wären Anna und er die Sendung? Anna trat neben ihn und legte ihm beruhigend die Hand auf die Schulter: Der Fjord ist mit dem Atlantik verbunden, und deshalb wirken auch hier drinnen die Gezeiten. Jetzt ist da draußen Ebbe.

Anna denkt bis zum Meer, das wusste er seitdem. Deshalb fiel ihr auch alles zu. Die Chefs in ihrem Pharmakonzern hatten Respekt vor ihr, sie war scharfsinnig, gut vorbereitet und rhetorisch geschickt. Außerdem konnten sie auf ihre Beine starren, wenn sie das Büro verließ. Tim wusste das, weil ihre Beine immer Aufsehen erregten. In einer Netzstrumpfhose führen sie auf jeder Party mit Sicherheit zur Rudelbildung. Am Anfang, als sie gerade ein Paar geworden waren, entsetzte es ihn, wenn sich alles um sie drängte, er plötzlich in der dritten Reihe. Er fand sich eher durchschnittlich. Zwar kräftiger in der Statur als Johannes, aber Johannes hatte die schönen braunen Locken, er dagegen eine undefinierbare Kurzhaarfrisur, sein Gesicht freundlich-rund, zu wenig markant, ohne diese Adlernase von Johannes, liebe Augen, das konnte doch nicht alles sein. Also stand er in der dritten Reihe und ganz vorne bei Anna irgendwelche Bodybuilder oder Bäckergesellen, die sie wie ein Brot in Händen halten und kneten wollten, die sich alle Finger nach ihr leckten, das sah man ihnen an. Anna war blond, etwas zu stark gebaut, fand sie. Tim fand das gar nicht, und die anderen da vorne offenbar auch nicht, und Anna stand lächelnd in der Mitte in dieser Netzstrumpfhose, deren Muster aus Bärchenköpfen bestand, was sollte das? Aber Tim gewöhnte sich an solche Situationen, und zu Hause war alles wieder gut.

Sie durchlief die Abteilungen ihrer Firma, wurde juristisch nachgeschult, und dann wurde sie nach Indien geschickt. Sie sollte Partnerfirmen besuchen und sich mit dem Land vertraut machen. Das gelang ihr offenbar, überall war sie willkommen, hatte noch Zeit für einen Ausflug in den Himalaya, und nebenher schrieb sie noch ein Blog auf der Reise: «Also, I survived a trip up the mountain where a leopard lives (they saw him last time they went up). We meditated on top of it, and enjoyed the sunset. I thought I heard him, but I was the only one … You can see the massive solar plant, almost 800 giant mirrors are going to make the Ashram – with up to 20 000 visitors at a time – ENERGY-INDEPENDENT.»

Er saß zu Hause, war gerade erst mit dem Studium fertig, probierte Jobs aus und aß am Wochenende trostloses Schlemmerfilet à la Bordelaise mit Ketchup, während sie aus der Ferne herüberfunkte: «At the moment, I am with 3 brothers in an office, all in white, celibate, and the office is turning into a disco – ELECTRIC LIGHT ORCHESTRA, Evil Woman.» Er wusste doch genau, wie diese Brüder sie anstarrten. Für ihn persönlich kam die Zusatznachricht: «P. S. Ich liebe dich.» Darüber freute und ärgerte er sich gleichzeitig, denn was hieß hier P. S., er war also ihr P. S., an ihn wurde auch noch ein wenig gedacht, liebevoll-mitleidig wie an einen plüschigen Pudel, der leider zu Hause bleiben musste, weil die Quarantäne-Vorschriften zu streng waren, und der jetzt ein Klöpferchen bekam? Das schlug ihm auf den Magen, und er kippte die zweite Hälfte seines Schlemmerfilets in den Müll. War er eifersüchtig? Anna war die Stärkere, sie lief voran, und er wollte, sollte, musste mit, aber einholen konnte er sie nicht. Aber wenn er in dieser Zeit einmal seine Unterlegenheit beklagte, sagte sie nur kurz: «Hör auf, in Wirklichkeit ist es genau umgekehrt.» Er verstand zwar nicht, was sie damit meinte, doch es klang, als gäbe es vielleicht noch Hoffnung für ihn, und deshalb hakte er nicht weiter nach.

Er rappelte sich von seiner Steinschräge am Meer hoch. Es war Zeit, loszufahren, am Nachmittag würde es Staus geben. Sein rechter Fuß war eingeschlafen, sodass er mehrmals kräftig auftreten und hinken musste, um ihn wieder richtig zu durchbluten. Die Wolkenlaken überm Meer waren dicker geworden und hatten graue Flecken bekommen, die Sonne hatte es gegen sie nicht geschafft. Das Meer kräuselte sich im Wind, ein silbern-kühler Schauer lief darüber. Tim machte einen Hüpfer, und vor der Autotür trat er noch einmal extra kräftig auf den Asphalt, auf den Boden unter seinen Füßen. Dann schnallte er sich an.

Tim stand auf einer Leiter und umarmte in drei Metern Höhe einen Baum. Die Spielplatzgeräte wurden aufgebaut, die nachbarschaftliche Gemeinschaftsaktion. Er versuchte, das Stahlseil für die Seilrutsche mit einer Klemme zu arretieren. Das Seil war zwar fest, musste aber noch gesichert werden, und er sah nicht genug, weil der Baum so dick war. Sein eigentlich vorgesehener Helfer auf der anderen Baumseite war nach einem Streit mit seiner unten stehenden Freundin abgestiegen. Zuerst war es nur um eine mögliche Verletzung des Baumes durch das Stahlseil gegangen, aber dann hatten sie sich in Sekundenschnelle erhitzt, Sätze flogen hin und her, wer womit PROBLEME und KEINE PROBLEME habe und wer was auf den anderen PROJIZIERE, und dann war der Helfer weg. «Fest?», fragte nun eine unbekannte Stimme von unten. «Fast», antwortete Tim und drehte an der letzten Schraube, als er ein Surren hörte, das sich näherte. Mit einem Auge sah er ein quiekendes Mädchen an der Seilrutsche, das die Füße nach vorne streckte. Wieso hatten die oben die Fahrt freigegeben? «Nicht gegen den Baum!», rief jemand. Das Mädchen fuhr auch nicht gegen den Baum, sondern riss die Füße zur Seite und traf Tims Schulter – die Leiter kippte nach hinten, sodass er in der Luft, im Freien, ohne Halt herumruderte und ganz schnell dachte: «Dieser Fall, genau wie in den Albträumen, ich habe immer gewusst, dass ich im Fallen sterben werde. Es ist so weit.»

Ein dumpfer Aufprall. Er lag im Gebüsch, seltsames Kitzeln im Hals- und Schulterbereich. Rasch stand er auf. Vornübergebeugt befreite er sich aus den Sträuchern, trat heraus, schüttelte und klopfte sich Zweige, Blätter und Steinchen ab und schlich davon. «Geht schon», murmelte er nach rechts und links, obwohl keiner gefragt hatte, «nicht schlimm.» Er hörte, wie mehrere Frauen das weinende Karambolage-Mädchen umstanden und «meine Süße!» und «was für ein Schreck!» riefen.

Humpelnd erreichte Tim die nächstgelegene Terrasse und setzte sich auf eine Bank. «Hat ganz schön gerumst», begrüßte ihn ein älterer Mann anerkennend. Ein kernigdrahtiger Kerl, der an einem Grill stand, pensionierter Ex-General, dachte Tim, «Vater von Marleen», sagte der.

«Freut mich.» Tim wusste nicht, wer Marleen war, ihm fiel nur ein altes Lied ein: «Marleen, eine von uns beiden muss nun gehn, drum bitt ich dich, geh du, Marleen». Um sich abzulenken, versuchte er, sich an die Melodie zu erinnern. Als er seinen Ellenbogen befühlte, kam Elias angelaufen. «Papi, Papi, was ist passiert? Was hast du für riesige rote Flecken am Hals? Sieh mal, diese Blase.» Er tippte darauf. Brennnesseln. Daher kam das Kitzeln. «Papi, was hilft dagegen?» «Ich weiß nicht, früher habe ich draufgespuckt.» Elias stieg neben ihm auf die Bank und begann, Hals und Schulter unter dem extraweiten T-Shirt zu bespucken, so gut es seine Speichelvorräte hergaben, die er im Mund immer neu sammelte und auf ihn sprühte.

Als Tim so dasaß, von Elias gleichzeitig gestärkt und bespuckt, als vom Grill des pensionierten Generals Rauch herüberzog, der die Augen tränen ließ, und als die Nachmittagssonne durch die feuchte Luft drang, dachte er: Hier bin ich angekommen, ein Mann, der ein Stahlseil montiert, der den Raum füllt und verändert, aus der Jugend-Unklarheit heraus. Aber es geht trotzdem so seltsam hin und her zwischen eben noch «völlig zerschlagen» zu jetzt «himmlisch wohl». Man segelt immer noch zu Boden, dann sitzt man auf einer Bank, wie bereitgestellt für einen selbst, und Zuneigung fließt herüber. Du bist eine peinliche Nummer, du bist wunderbar geborgen, so wechselnd-unklar wie in den Jugendträumen, wann ändert sich das, ist man verankert – und ein Bier wäre jetzt auch gut.

Elias sprang ab und lief über den Rasen zum Spielplatz hinauf. Tim stand langsam auf, ging vorsichtig, die Knochen fühlend, zu einer Bierkiste und zog eine Flasche mit Bügelverschluss heraus. Zurück auf seiner Bank, ließ er sie aufploppen, trank und schloss die Augen. Der Nacken brannte nun angenehm, wie von einem feuchten Handtuch erwärmt. Die Seilrutsche befand sich im beständig surrenden Verkehr, wie er zufrieden hörte, die Schelle hielt also. Der General murrte vor sich hin, weil er GRILLKÄSE, WAS IST DAS DENN? grillen sollte. Stimmen auf der Terrasse, Turnschuhe, dann klackende Absätze. «Papi, lass mal, ich grille den Käse.» Das musste Marleen sein. Mit einer anderen Frau sprach sie über einen Mittelalter-Fantasy-Film, über eine total kalte Welt mit eisernen Ringen, an die man gefesselt wird, über dressierte Flugdrachen, die man an Ketten aufsteigen lassen kann und die von oben Feuer auf die Feinde spucken. «Auch der Sex ist tierisch-verzweifelt.» Tim nahm einen neuen Schluck Bier, öffnete vorsichtig die Augen und sah über Marleen hinweg, hoch in die Bäume, in die Blättertiefe, wo der Blick sich verlieren kann.

Da dachte er an Johannes und an solche Tage wie heute, an denen sie im Wald unterwegs waren, vor zehn oder fünfzehn Jahren, aber eigentlich einen Wimpernschlag entfernt, wenn Johannes anfing zu erzählen, dann sprudelte er wie eine Quelle, dann schlossen sich die Blätter um sie beide, dann geisterten sie ohne Sinn und Verstand herum.

Sie erreichten eine Lichtung: Da standen sie im Sonnenstrahl, der ganz klar sichtbar war, weil er Schwebeteile in der Luft aus dem Waldschatten herausschälte. Als ob Außerirdische den Lichtstrahl genau auf sie lenkten, sie beide anstarrten und ausgesucht hatten. Man hatte auf jeden Fall etwas vor mit ihnen, es gab einen Plan, in dem sie beide eine nicht ganz kleine Rolle spielten. «Jetzt holen sie uns ab», sagte Johannes, und dann liefen sie weiter, bis Tim sagte, dass es dämmerte und dass sie zurückmussten.

Oder am Abend, wenn sie auf der Fensterbank im dritten Stock saßen und die Beine baumeln ließen. Sie blickten in den Hof hinab, in dem es dunkelte. Die Kinder, die über die alte Teppichstange Federball spielten, konnten kaum noch etwas erkennen. Nur der Federball leuchtete im Steigen und Fallen. Als es ganz dunkel war, erzählte Johannes von einer Frau aus Genua, der er Seetang aus den Haaren pflückte. Er sprach von der göttlichen Einfachheit ihres Körpers, in dem immer ein ferner Sturm tobte. Höchstwahrscheinlich hatte er sich alles nur ausgedacht. Tim fragte aber nicht nach und sah auch nicht zu ihm hinüber. «Die göttliche Einfachheit ihres Körpers, in dem immer ein ferner Sturm tobte»: So redete Johannes, und dann zog er Tim vorsichtig einen kleinen Zweig aus den Haaren, der noch vom Waldgang darin hing, und dann war wieder alles still.

Begegnet waren sie sich am Ende des Studiums. Sie saßen in der Cafeteria der Mensa und schoben Flugblätter auf dem Tisch zusammen, um Platz für ihre Currywurstschalen und Kaffeebecher zu schaffen. Ein Kugelschreiber rutschte unter die Flugblätterschichten. Sie hatten nichts gegen Flugblätter, denn Tim hatte seine damalige Freundin auf einem Wochenend-Workshop beim gemeinsamen Drucken von Flugis kennengelernt.

Die große Korkplatte an der Betonwand war übersät mit ihnen, in allen Farben überlappten sie sich und hingen über die Ränder der Platte. Viel dunkles Rot, das waren die Jusos, die hellen Grünen daneben. Zettelwulste, mit Pinnwandnadeln festgebohrt, ZAHNMEDIZINER-PARTY, karierte Blätter, SUCHE ZIMMER!!!, Kugelschreibergekritzel, unten eingeschnitten, Telefonnummern zum Abreißen. DIE WAHRHEIT DER ROSENKREUZER. GOLF GTI, BJ. 1978. Willst du Karriere machen? Ihre Pommes frites glänzten, waren riesig und schmeckten köstlich, während die Currysauce ihnen den Mund zusammenzog, alles, wie es sein musste.

Vom Nebentisch fiel ein Kugelschreiber herunter und rollte zu ihnen herüber. Tim reichte ihn hoch, zu drei Frauen mit Schreibblöcken vor sich. Wahrscheinlich eine Referatsgruppe: eine spitzmündige Bürgerstochter in Reithose, die den Stift entgegennahm, daneben eine Rothaarig-Verfilzte mit einem dieser riesigen Wickelhalstücher, die Parfumgerüche speicherten. Tim mochte es, in Kneipen neben Frauen mit solchen Tüchern zu sitzen, denn in ihnen konnte man so viel erschnuppern und sich ausmalen, Welten in Tüchern, durch die man wandern konnte, rehäugige

Versprechen, die sich an deine Schulter lehnen. Die dritte in Trainingsklamotten und mit Pagenfrisur lächelte zu ihnen herüber. Die kannten sie, sie war ein paarmal im Soziologie-Seminar gewesen.

Dort hatten sie zu Semesterbeginn in einem schlecht kopierten und blassen Reader gelesen, dass sich die Menschen in der Spätmoderne immer ähnlicher werden. Im Verhalten, in ihrer Kleidung, wie sie reden. Bis ins Kleinste, wenn sie sich verabreden, ein Date machen. «Spätmoderne: Menschen UNIFORM», hatte Tim sich am Rand notiert, neben die brüchige Klebebindung.

Aber wenn er vom Reader hochsah, dachte er, dass das nicht stimmte: Wir sind total verschieden. Im Seminarraum saß ein Punk neben einem Pullover-Träger mit weit abstehenden Wollhaaren, selbst gestrickt. Es gab Kommilitonen, die sich die Haare wie New-Wave-Bands gelten, und daneben saß einer, der wie die Haare Peter Handke aussehen wollte. Ein anderer schien direkt aus der HSV-Fankurve ins Seminar zu kommen.

Aber vielleicht war das nur die Oberfläche? Vielleicht war er naiv, weil sich in der Tiefenstruktur doch alle glichen. Er markierte das Wort «Tiefenstruktur» gelb. Als er sich einmal meldete, rot wurde und schnell losredete und fragte, wie es sein könne, dass man als Einziger nicht so sei wie alle anderen, sondern alles durchschaue und außerhalb des allmächtigen «Verblendungszusammenhangs» stehe, und als er sich bei diesem schwierigen Wort verhaspelte und so etwas wie «Verplempungszusammenhang» sagte, da wiegten die älteren Semester milde und verständnisvoll die Köpfe, als ob sie dachten: Du wirst es noch verstehen! Und er dachte: Ganz Gallien ist von den Römern besetzt, und ihr seid die Unbeugsamen und habt den Zaubertrank – aber das traute er sich nicht zu sagen.

Mit Johannes arbeitete er an einem gemeinsamen Referat für diesen Kurs. Johannes studierte Deutsch und Kunst, aber weil er über das Große und Ganze nachdenken wollte, war er in das Soziologie-Seminar gekommen, während Tim sich eher Sorgen machte, zu viel über das Große und Ganze nachzudenken. Er studierte im Hauptfach Soziologie, im Nebenfach Kunst und belegte auch einen Kurs zu empirischen Methoden, weil er ja irgendwann in die Empirie hineinmusste, wie er sich sagte, und zusätzlich auch eine nützliche Einführung in die Betriebswirtschaftslehre, als Vorsichtsmaßnahme sozusagen. Johannes war auch drei Jahre jünger und hatte noch mehr Zeit. Aber jetzt schrieben sie Sätze von Niklas Luhmann ab, die ihnen gefielen. Sie saßen in der WG-Küche, die Waschmaschine sauste im vollen Schleudergang, ein Kerzenstummel brannte, sie notierten: «Ich ziehe es vor, Theorien nicht mit Einheit beginnen zu lassen, sondern mit Differenz, und auch nicht bei Einheit (im Sinne von Versöhnung) enden zu lassen, sondern bei einer, wie soll ich es sagen, besseren Differenz.» Dann hängten sie die fertige Wäsche über Stuhllehnen und Tischränder.

In dem Referat wollten sie auch die Geschichte ihrer Lieblingskneipe erzählen, die eines Tages von einer seltsamen Sekte übernommen worden war. Deren Namen konnten sie sich nie merken, aber es bedienten nur noch Jünger mit Klunkerketten und in roten Gewändern, die wie Schlafanzüge aussahen. Dazu setzten sie ein mildes Dauerlächeln auf. In der vorher schön schlampigen Kneipe war nun alles klinisch geordnet, es gab Meditationsmusik, aber keine Salamipizza mehr. Die Jünger legten auch den Flipper mit den Weltraumszenen still, mit schwebenden Astronauten, schwarzen Löchern und Raketenabwehrschirmen, die im Bonus-Fall losfeuerten. Sie fragten, ob Tim und Johannes den vielleicht haben wollten, sie sähen so aus. «ECHT?» Zwei Stunden später kamen sie, bevor die Jünger es sich anders überlegten, mit einigen Freunden und einem gemieteten Transporter vorbei und schleppten den Flipper ab. Dann wuchteten sie ihn in die Wohnung von Johannes. Die Kneipe lief geschäftlich nicht gut, die Rotgewandeten blieben unter sich und blickten erstaunt aus den großen Scheiben auf die Straße, wenn man vorbeilief. Irgendwann war der Spuk vorbei, die Kneipe hieß wieder «Oblomow». Mit dieser Geschichte sollten sie, so meinte Johannes, den Unterschied zwischen guter und schlechter Einheit erklären.

Tim war nicht sicher, ob er das verstand, aber es klang gut, und außerdem und vor allem hatte er Sorgen, denn seine Freundin hatte Schluss mit ihm gemacht. Tapfer schrieben sie weiter an dem Referat. Die Waschmaschine lief nun im Dauerbetrieb, denn Tim musste die Erinnerung an SIE und alle Gerüche aus allen Kleidungsstücken herausbekommen. Dazu tranken sie kratzigen Aldi-Rotwein, der wie Schmirgelpapier in der Kehle scheuerte. Tim diktierte Johannes: «Wir nehmen die Welt nicht an, wir lehnen sie nicht ab; bei allem, was wir tun, produzieren wir sie mit.» Vorm Schlafengehen sahen sie sich unterkühlte Musikvideos an, in denen Menschen unter einem nordischweiten Himmel durch Landschaften mit vereinzelten Sträuchern wanderten und dabei illusionslos-tapfer vor sich hin sangen. Irgendeine sibirische Independent-Band.

Tim zog für ein paar Wochen bei Johannes ein. Der legte gleich am Morgen helle Gitarrenmusik auf, um die Beziehungs-Depressionen zu vertreiben. Tim schlurfte barfuß und im langen Nacht-T-Shirt über den Holzboden und zählte die Dielen. «Guten Morgen, Welt», dachte er, «bei allem, was wir tun, produzieren wir dich mit.» Johannes rührte für sie beide einen großen kalten Kaba-Kakao an, aber Tim hatte Magenschmerzen. Er schlug vor, im Anschluss an ihr Referat mit der Seminargruppe darüber zu diskutieren, ob man sich eine Differenz vorstellen könne, die nichts mit cooler Gleichgültigkeit zu tun habe, sondern mit Zusammengehörigkeit und Wärme. Denn seine Ex-Freundin hatte ihm in einem Telefonat vorgeworfen, zu wenig Mitgefühl zu besitzen. Er saß am Küchentisch, rührte lange in seinem Kakao, im Uhrzeigersinn und gegen den Uhrzeigersinn, und fragte Johannes, ob das stimmte mit dem Mitgefühl. Johannes lächelte und sah ihn an, bis Tim wieder den Blick in den kreisenden Kakao senkte.

«Das Pulver im Kakao löst sich nicht auf», klagte Elias. «Trink aus, Süßer, wir wollen los», antwortete Anna. Sie wollten übers Wochenende Freunde besuchen, die es beruflich nach Saarbrücken verschlagen hatte. «Ich muss mal raus», hatte Anna erklärt, Tim steckte der Spielplatzaufbau noch in den Knochen, und außerdem kannten sie die südwestliche Ecke Deutschlands nicht. Sie fuhren durch das Rheintal, dann zog sich die Autobahn in einer langen Kurve Richtung Pfälzer Wald hoch, und später sahen sie ein riesiges dunkelgraues Transportflugzeug vom Militärflughafen Ramstein abheben, scheinbar ganz langsam, «wie ein dicker, schwerer Käfer», sagte Elias.

In Saarbrücken angekommen, zeigten ihnen die Freunde den ausgebauten Dachboden über ihrer Wohnung, wo sie schlafen sollten. Sie legten ihre Isomatten schon zurecht, damit die sich ausrollen konnten. Elias gefiel es unter den Dachbalken: Es roch nach Holz, und alle würden dicht beieinander schlafen. Er ordnete seinen Stoffmaulwurf an.

Die Freunde schlugen vor, zu den Spicherer Höhen zu fahren, «wir müssen nur einmal quer durch die Stadt, und oben ist schon Frankreich». Auf der Kurvenstraße ging es durch einen Wald. Das alte Grenzschild dort war kaum noch zu erkennen, so vermoost am Straßenrand. Noch zwei Serpentinen, dann erreichten sie einen Parkplatz oberhalb des Waldes. Davor stand ein hohes weißes Holzkreuz. Tim nahm das Laufrad von Elias aus dem Kofferraum. Beim Zuschlagen der Autotüren hallte es weit, die Stadt nun unten im Tal. «Wir gehen in diese Richtung.»

Auf den Spicherer Höhen kam es im Deutsch-Französischen Krieg 1870 zu einer blutigen Schlacht. Später gab es unzählige Postkarten und Lieder, die den preußischen Sieg verherrlichten. Die Hügel waren auch Kampfplatz am Anfang und Ende des Zweiten Weltkriegs. Zur Erinnerung daran steht ein amerikanischer Panzer am Rand einer Wiese. Elias lief dorthin. Größere Kinder waren hinaufgeklettert, turnten herum oder setzten sich triumphierend auf das Geschütz. Anna ging hinterher und half Elias über die Panzerkette hinauf. Von einem Waffeleis tropfte es auf das Kanonenrohr, Erdbeer- und Vanilleflecken.

Sie gingen weiter und kamen am deutschen Gräberfeld vorbei. Niedrige einfache graue Kreuze, die in Reihen angeordnet sind, der Abstand zwischen ihnen immer gleich. Nur Namen und Daten stehen darauf: 1940 gefallen, als die Deutschen am Anfang des Frankreichfeldzugs hier angriffen, 1945, als die Amerikaner die Hügel zurückeroberten. Anna ging durch die Kreuz-Reihen. Die Vornamen: Helmut, Dietrich, Ulrich, die Geburtsjahrgänge 1911, 1920, 1922. Sie rechnete: Wie alt müsste jemand sein, der diese Männer gekannt hatte und sich noch an sie erinnern konnte? Ob überhaupt noch jemand hierherkam, um vor dem Kreuz an seinen Toten zu denken? Von manchen dieser Lebensgeschichten noch irgendwo übrig gebliebene Momente, die sich auflösten wie Zwiebackbrocken in einer Milchsuppe im Pflegeheim. Elias hatte Pusteblumen gepflückt und blies vom Rand des Gräberfeldes Samen zu ihr herüber.

Rufe hallten, in der Nähe lag eine umzäunte Fußballanlage mit dem Schild «SC Spicheren». Samstagnachmittag, auf mehreren Plätzen wurde gespielt. Jetzt flog ein Ball im hohen Bogen über den Zaun, sprang mehrmals auf und rollte zwischen einer Baumgruppe herab. Elias lief hinterher, «Mama, hier sind Treppen». Anna folgte eilig. Der Ball lag unten vor einer graugrünen Stahltür. «Der Wald ist voller Bunker», erklärte ihr Freund, «vorn kommen noch größere.»

Als sie die Waldstrecke hinter sich ließen und den Hügel überquert hatten, öffnete sich ein weiter Talblick: gemähte Hänge, auf denen große Räder aus zusammengepresstem Heu standen. Anna blinzelte und gab Tim die Hand, Elias setzte sich auf das Laufrad, das sie bisher nur mitgetragen hatten, und fuhr voraus. Als noch weit entfernt ein Trecker erschien, bog er aus Sorge, und weil er sich richtig verhalten wollte, umgehend und im spitzen Winkel vom Weg ab. Sie sahen, wie er im Graben, der mit Gebüsch zugewachsen war, versackte und verschwand.

Am Ende der Wanderrunde saßen sie in der Gaststätte «Woll». Ein hoher, großer Raum, fast eine Halle, mit langen Holztischen. Eine weiße Papiertischdecke wurde ausgerollt und aufgelegt. Die Rieslingflasche kam in einem Kübel voller Eiswasser und zog beim Einschenken Tropfspuren nach sich. Sie bestellten gekochte Artischocken und zupften sie gemeinsam ab. Danach erschien der Flammkuchen, leicht und fest und duftend, in Viertel geschnitten. «Es gibt hier Froschschenkel in Knoblauchsauce, aber die müsst ihr beide essen. Sonst wacht einer nachts auf und liegt im Pesthöllenatem des anderen.»

Anna schenkte sich Riesling nach. Sie war gerötet, und Tim schien es, als ob sie mit Gefühlen zu kämpfen hatte. Seinem Blick wich sie aus. Er sah zu Elias hinüber, der als Folge seines Grabensturzes am Hals zerkratzt war. Aber er war zufrieden, wegen der ORANGINA, eines unbekannten neuen Getränks, und auch diese kugelrunde Flaschenform gefiel ihm. Hinter ihnen an der Wand hing ein großes, gerahmtes Foto. Darauf war der Panzer zu sehen, auf den Elias vorhin geklettert war. Er stand vor der Gaststätte, deren Dach zerstört war. Eine Aufnahme aus den späten Kriegstagen musste das sein. Anna sagte leise etwas zu Tim, was er nicht verstand, und als er nachfragte, sagte sie «ach, nichts, später».

In solchen Momenten wunderte sich Tim. Seit sie damals beschlossen hatten, ein Kind zu bekommen, seit Anna gekündigt hatte, weil eine neue Lebensphase begann und sie alles, was sie tat, eben «ganz und richtig» tat, wie sie ihren Chefs erklärte, die ihr vergeblich einen Rückkehrvertrag angeboten hatten und zum letzten Mal auf ihre Netzstrumpfhose mit den Schlingpflanzenmustern starrten, seitdem war es anders geworden: nicht nur, dass er, der vorher halb verträumt durchs Leben gelaufen war, nun täglich in sein Büro in einem großen gläsernen Gebäude ging und Marktanalysen betrieb, sondern auch, dass Anna mit der Arbeit gar nicht wieder anfangen wollte, was auch nicht nötig war, weil sie noch genügend Rücklagen hatte. Wenn sie einen neuen Schrank anschaffen wollten, im Katalog hin und her blätterten und die Preise diskutierten, sagte sie immer noch: «Ach, lass nur, ich bezahl den.» Andererseits geriet sie immer stärker in eine Unsicherheit, die Tim an ihr gar nicht kannte, und starrte in scheinbar unbeobachteten Momenten in die Ferne, fast schon wie Johannes, sodass sie vielleicht jenen festen Boden unter den Füßen verlor, den er gleichzeitig gewann, und dass tatsächlich ALLES GENAU UMGEKEHRT war, wie sie immer behauptet und vorhergesagt hatte?

Puh, das war kompliziert, und das Nachdenken darüber führte nur zur Gedankenverknäuelung, weshalb er sich ein Limettensorbet mit Wodka bestellte, das er auf der Nachtischkarte entdeckt hatte. Es schmeckte ausgezeichnet, und gerade als er überlegte, noch eins zu bestellen, schließlich konnte Anna fahren, und wenn nicht, würde er es auch schaffen, denn es ging nur den Hügel hinunter, mit Wodkasorbet umso leichter, und unten warteten schon die Schlafsäcke, stand Anna auf und fasste ihn an der Schulter: «Wir wollten uns doch noch die Gräber des Deutsch-Französischen Kriegs ansehen.» Und zu den Freunden gewandt: «Elias kann bei euch bleiben?» Tim sah erstaunt hoch, denn von einer Gräberbesichtigung wusste er nichts, und seit wann interessierte Anna sich für den Deutsch-Französischen Krieg, und warum sollte man diesen gemütlichen Tisch verlassen? Aber er folgte ihr schulterzuckend, als sie Richtung Tür ging.

Inzwischen war es dunkel, aber scheinbar wärmer geworden. Anna legte den Arm um Tim, auf einem unbeleuchteten Weg trippelnd hangabwärts, unter Bäumen hindurch. Kleine Zweige knackten unter den Füßen. Dann kamen sie zu freieren Wiesenstücken. Auf beiden Seiten ragten schemenhaft Gräber empor. Oder waren das überhaupt Gräber? Sie sahen eher wie Kapellen aus, mit schmiedeeisernen Gittern und mit gotischen Türmchen. Auf einem steinernen Podest stand ein kleines Gebäude, wie ein Schrein. Vorn war eine Tafel zu erkennen, «leuchte mal», sagte Anna. Tim ging näher heran und versuchte, mit seinem Handy die Schrift zu erhellen: «Grenadierregiment, darunter irgendetwas mit Preußen, aber der Akku ist fast leer.»

Sie gingen weiter bergab, vorsichtig auf dunklem Grund, zwischen Tempelchen und Säulen, zwischen Eichenlaub, Helmen und Kreuzen aus Stein. Anna stieg eine Treppe hinauf und stand vor einem Gitterzaun. Was wollte sie nun da oben? Tim trat hinter sie. «Was ist ein FÜSILIER-REGIMENT?», fragte sie. «Keine Ahnung.» «Es ist richtig hier», sagte sie, «so ein warmer Abend.» Sie wollte noch den Sterbeort des französischen Oberbefehlshabers suchen, der weiter hangabwärts liegen musste, wie sie auf einem Plan des Geländes entdeckt hatte. Sie mussten durch ein Waldstück, «da ist es noch dunkler», wandte Tim ein, «nein, gib mir die Hand», sagte sie.

Trocken raschelndes Laub vom letzten Jahr kitzelte zwischen den Riemen der Sandalen, während sie davon redete, dass sie immer gedacht habe, ihr Leben liege in einer Zeit zwischen den Kriegen, sozusagen, die Panzer abgestellt und die Bunker mit Blättern bedeckt: «Aber wenn ich Elias ansehe, muss ich daran denken, dass er noch so lange zu leben hat, und ob er wohl in einen Krieg geraten und leiden wird, wenn wir nicht mehr da sind und ihm nicht mehr helfen können.» Sie ging vor ihm her: Der Krieg komme zurück, mit deutschen Soldaten in den Nachrichten, die gefallen sind, und vorhin, diese Namen auf den Gräbern, Helmut und Dietrich, so hießen die auch jetzt wieder im Kindergarten, diese altdeutschen Namen, Otto I., Otto II., und dann habe sie Elias als jungen Mann in einer Soldatenuniform vor sich gesehen. So sinnlos die

Anstrengungen, die der Dietrichs und Helmuts und ihrer Mütter, die die Wäsche gewaschen und sie großgezogen hatten, sinnlos auch ohne Heldentod: «Man hilft den Kindern beim Aufstieg und den Alten beim Abstieg, und dazwischen?» «Läuft man im Stockdunkeln über Hügel und hält seltsame Reden», murmelte Tim in sich hinein. Denn das ging ihm alles zu weit, das passte nicht zu Anna, und außerdem war es zwischen ihnen immer so gewesen, dass sie vernünftig und stabil blieb, während er als der Sensible und der Geisterseher auftrat, wenn ihm der Sinn danach stand. Anna schniefte einmal laut und zog ihn dann weiter. Er ließ ihre Hand los und sagte: «Geh du vor, das ist mir zu dunkel.»

In einem großen Bogen fanden sie zur Gaststätte zurück, wo die Freunde schon bezahlt hatten und Elias sich über ihre Rückkehr freute.

Anna lag auf dem Dachboden, das Kippfenster geöffnet, die Nachtwolken verzogen sich, Sterne zu sehen. Neben ihr Tim und Elias, beide mit leisem Schlafatem. Sie spürte noch die Autobahnfahrt des Tages im Körper, und in Gedanken fuhr sie noch weiter. So in der Sommerluft, unterm Fenster mit dem Himmelsausschnitt, gleichzeitig müde und wach – da saß sie in einem anderen Auto, war umgestiegen: der erste Sommer nach der Schule. Aus den Bergen von Naxos mit einem gelben Jeep wieder herunter zum Meer, Doris und sie. Auf der Sandpiste mit Serpentinen wurden sie durchgerüttelt.

Das war ihre Erinnerung, da saß Doris neben ihr, und sie spürte das Holpern unter den Reifen, alles stimmte, aber gleichzeitig war es eine Fremde, die dort hinabruckelte. Die Erinnerung an eine andere, die auch «Anna» hieß, aber weit weg auf einer Insel, auf die sie nicht gelangen konnte. Sie fröstelte, und sie rückte näher an die junge Anna heran, drängte sich zu ihr auf den Sitz, damit sie sich überschnitten. Ihre Haare flatterten, die Haarspitzen kitzelten Doris an der Wange und hingen ihr über die Augen. Die Bremse des Jeeps war nicht in Ordnung: «Du trittst ins Leere, und ganz am Ende kommt der Widerstand, HOFFENTLICH.»

Sie sah bergauf: Staub hing über der Piste und zog sich zu einer Wolke zusammen. Irgendwo dort oben lag das Dorf, ganz grün in einer Felsenlandschaft, so wie eine Oase. Darin das kleine Museum, in dem sie die Figuren gesehen hatten. Die standen in beleuchteten Vitrinen und waren ungefähr 30 cm hoch, so wie ihr Schullineal. Die Körper bestanden aus Marmor und waren geometrisch, ein Dreieck, darauf ein Zylinderhals. Der Kopf war unten gerundet und oben gerade. Im Gesicht war nur die Nase ausgeführt. Was waren das für Wesen? Menschen, Außerirdische? «Die da sieht aus wie David Bowie.» «Oder wie unsere Tonfiguren aus der neunten Klasse.» Eine Frau hielt die Arme vor dem Körper verschränkt wie eine Beobachterin. War sie abwehrbereit, skeptisch? Die Brüste wie Früchte, wie Zitronen. Anna gefiel die Klarheit. Die Konturen waren geschliffen und aus einem Guss. «Kante zeigen und lieben, gleichzeitig hart und weich sein.» Das hatte sie damals gedacht, und das dachte sie auch heute noch.

Sie las den englischen Text daneben: Keiner wusste, wozu diese Figuren dienten. Manche hielten sie für Idole, für schützende Begleiter, die man mit sich trug. Aber hier gab es mit Sicherheit keinen Museumsshop, wo man so eine Frau in klein für die Tasche bekommen könnte? «Wo werd ich sein im künftigen Leben?», fiel ihr ein, aus welchem Song? Sie wechselte von einem Fuß auf den anderen. 2500 vor Christus, eine Zahl, mit der sie nichts anfangen konnte. Da hätte auch «unendlich lange her» stehen können, oder «heute». Im Innenhof des Museums fand sie eine Zeittafel: «frühkykladisch, spätkykladisch, die dunklen Jahrhunderte». Sie hätte gerne eine dieser Frauen mitgenommen.

Jetzt näherten sie sich dem Meer, das in einem großen Bergausschnitt glitzernd zu sehen war. Es war übersät mit wild flirrenden Sonnenpunkten, der starke Nachmittagswind der Ägäis hatte eingesetzt. «Verdammte Bremse, DEN TYPEN werde ich vierteilen und häuten.» «Fahr doch einfach langsamer.» Anna vergrub sich in den Sitz, das Kunstleder klebte an Nacken und Schulter. Sie sah zur geröteten Doris hinüber, die gegen den Jeep und die Piste kämpfte, die aus Löchern und Steinen bestand.

Am Abend hörten sie das Rasseln der Kiesel am Strand, wenn die Wellen zurückliefen. In der Taverne, die ihrem Zimmervermieter gehörte, dösten sie herum. Die Getränketruhe rumpelte gegen die Hitze, surrte, fuhr herunter, sprang an, um die Kälte zu halten. Sie nahmen sich Heineken-Bier, machten Kreuze unter ihren Namen. Anna würde nach dem Sommer ihr Wirtschaftsstudium beginnen. Doris wusste nicht genau, was sie anfangen sollte, eher was Praktisches, vielleicht eine Tischlerlehre. Vielleicht weiß sie überhaupt nicht, was sie mit diesem Leben anfangen soll, dachte Anna scheu. Warum hingen nachts die Sterne so tief, wie Lampions über und neben ihr, so groß, strahlten sie an, und warum pochten sie in ihr? Warum dachten die anderen, dass sie und Doris ein Paar seien, wenn sie den Duschverschlag hinter der Taverne verließen, in Handtücher gewickelt, mit diesem Pfirsichgeruch der nassen Haare? Einmal lag Doris ganz nackt und bronzebraun und bewegungslos am Meeressaum, immer wieder bis zum Hals von Wellen überspült, stundenlang.

Ihr hell gekalktes Zimmer, in dem Anna immer wieder wach lag: Weil Doris' Schlafatem neben ihr pfiff. Weil ihr vom Essen, das der Koch Aris aus den unsichtbaren Tiefen der Töpfe für sie herausschöpfte, schlecht geworden war, worauf er ihr ein schillernd rotes Spezialgetränk als Ge-

genmittel gehext hatte, das ihre Innereien nun in eine glühende Zone verwandelte. Weil sie zu lange durch Olivenhaine gewandert waren und weil sie einen Hitzestau im Kopf hatte. Wie ein Topf auf einer Herdplatte, die man nicht abstellen kann. Hitze stieg, floss und pochte nach. Sie stand auf, schlich aus dem mondhellen Zimmer zum Brunnen herunter und pumpte mehrmals, bis der kalte Schwall kam. Kopf drunter und neu pumpen. Der rostige Schwengel quietschte bei jeder Bewegung durch die Inselstille. Das war ihr peinlich, das musste bis hinauf in die Berge zu hören sein.

Wieder auf ihrer Pritsche, fuhr sie vor dem Einschlafen in Gedanken noch einmal die Staubpiste herunter. Diesmal saß sie selbst am Steuer. Als es auf eine Kurve zuging, trat sie auf die Bremse und trat ins Leere, kein Widerstand. Der gelbe Jeep hob ab, flog geradeaus, blieb in der Luft und segelte aufs milchweiße Meer zu. Weiter, nicht sinken, stabil halten, oben halten! Sie kurbelte am Lenkrad herum, über den Bergen in Richtung Meer, trat aufs Gaspedal, trat ins Leere. Neben ihr saß nicht Doris, sondern die Dreiecksfrau mit dem Zylinderhals, mit dem oben geglätteten Kopf, die Arme vorm Körper verschränkt. Sie sah skeptisch zu ihr hinüber, als ob sie sagen wollte: «WIE FÄHRT DIE DENN?»

So wie damals im Süden glitt Anna auch jetzt auf dem Dachboden im Norden in den Schlaf hinüber. Das letzte Gedankenfähnchen, das sie noch greifen konnte: Sie würde Doris eine Nachricht schreiben. Sie hatten sich ganz aus den Augen verloren. Die alte Mail-Adresse würde hoffentlich noch stimmen. Was du brauchst, sind schützende Begleiter. Dann konnte sie versinken.

Um vier Uhr morgens erwachte Tim. Das war seine Zeit, neuerdings, seit er ein richtiger Mann mit Sorgen geworden war. Einschlafen konnte er fast immer, aber dann um vier, zwischen Nacht und Tag, in der hohlen Stunde, die allen Fragen Platz anbietet: nur herein, so viel schwarzer Raum für die höchstpersönlichen Szenen des Scheiterns, denen man entgehen will, in den Schlaf, aber man kommt nicht weg, wird nur wacher. Hier und heute kam ein Nagen dazu, das sich im Nacken aufbaute: die Trickserei bei der Arbeit, die früher oder später entdeckt werden musste, es grauste ihn. Gleichzeitig freute er sich klammheimlich auf diese Entdeckungsszene, auf das starke Gefühl, das ihn durchschießen würde. Ja, Panik. Ich flatter herum, erst alles Blut aus mir gezogen, dann voller Rückstoß. Aber die Folgen: Anna gegenüber, die ruhig und ahnungslos atmend neben ihm lag? Wie würde er ihr gegenübertreten? Seine Hauptmedizin gegen die Gedankenschleifen um vier Uhr morgens: Flucht in die Vergangenheit. Er dachte an früher, wo sich nichts ändern konnte, an Erlebtes, das ganz zu ihm gehörte, keiner konnte es ihm nehmen.

Er lief mit Johannes durch eine lange Baumallee im Grunewald. Oben zog der Wind in den Wipfeln. Ihre Mägen knurrten, denn sie hatten bei Johannes im leuchtend roten Kühlschrank, der groß und selten gefüllt war, nichts direkt Essbares gefunden und daher nur Bier getrunken. Johannes gluckste vor sich hin: «Weißt du noch, unser Kumpel, Jörg Hering. Wir haben ihn immer laut ‹Göring› gerufen?» Er sah in die Ferne, als ob Jörg dort auf sie warten würde. «Göring, Göring!», begann er durch die Allee zu bellen. Zum Glück hatte der Wald sich weitgehend geleert, allerdings kam ihnen ein älterer Herr in Jägerkleidung entgegen. «Ja, da freuen Sie sich, dass der Name des Reichsfeldmarschalls in unseren Wäldern wieder einmal zu hören ist», sagte Johannes zu ihm. Der Angesprochene entfernte sich zügig. «Johannes, der ist 60 oder 65, der war da noch nicht einmal geboren.»

Aber Johannes freute sich weiter: «Ophelia! Aus dem Kunst-Seminar. Weißt du noch? Du hast sie immer Uffelia genannt.» Tim erinnerte sich und errötete im Dunkeln. «Das muss dir doch nicht peinlich sein. Aber ich sehe ihre marmorierte Haut wieder vor mir, so durchschimmernd! Alabaster, lebendiger Marmor! Diese Walla-Walla-Haare auf der seligen Marmorschulter. Weißt du, worum ich Jörg Hering ewig beneide? Dass er die junge Ophelia, dass er ihre Fülle kosten durfte – aber es gibt sie nicht mehr, nie mehr wird jemand die junge Ophelia –, du und ich, wir tappen durchs dunkle Waldreich der Erinnerung.» Stille. «UFFELIA», heulte er wie ein Wolf.

«Komm jetzt», Tim musste ihn ablenken, «Asterix-Quiz.» Sie tappten nebeneinander, während oben der Wind durch die Baumkronen ging:

«Wie heißt der Zenturio in Asterix als Legionär?»

«Hotelterminus.»

«Guter Auftakt.»

«Ich hab nichts gegen Fremde. Einige meiner besten Freunde sind Fremde. Aber diese Fremden da sind nicht von hier! Welches Heft?»

«Das Geschenk Cäsars. Zu einfach.»

«Aber jetzt: Gaius Barfuß. Wo kommt der vor?»

«Weiß nicht, ich weiß nur Gaius Musculus.»

«In welchem Ort studiert der Verlobte von Falbala?»

«Condate.»

Selbst in Lebensphasen, wo sonst sehr wenig zusammenlief, machten sie als Asterix-Experten auf Partys, auf Busreisen oder in Warteräumen immer Furore. Würden sie jemals wieder so gekonnt zusammen auftreten? Der Mond erschien zwischen zwei Wolkentüchern, segelte weiß auf dunkelblauem Grund und gab ihnen Licht. Bevor sie ihr Ziel, eine große Sanddüne mitten im Wald, erreichten, mussten sie in eine Senke hinab. Sich eine Waldboden-Holz-Treppe heruntertasten. Der Mond war wieder verschwunden. «Ich seh hier fast nichts.» «Halt dich am Geländer fest.» «Danke Planke.» An einer der letzten Stufen blieb Johannes doch noch hängen und fing sich nur ab, indem er Tim von hinten um den Hals fiel. Wie beim Uni-Fußball, dachte Tim, wenn wir ein Tor geschossen haben. Ihre Mannschaft spielte mit nacktem Oberkörper, die anderen mit Shirts, und irgendein blöder Sportstudent rief Johannes immer «Hühnchen». Johannes war schmal, das stimmte, und wirklich knochig, wie Tim jetzt wieder bemerkte, als er an ihm hing. Johannes wollte damals ohnehin lieber zum Aerobic-Kurs gehen, in dem es von blonden Falbalas in Neon-Shirts nur so wimmelte. Aber auch von den Verlobten von Falbala, ebenden Sportstudenten, hemmungslose Gaius-Musculus-Typen, blond wie Bier.

Vor ihnen im Dunkel lag der leuchtend weiße, hohe Sandhügel. Wie kommt so etwas mitten in den Grunewald? Ach, egal, Hauptsache, es stand hier so fremd und sinnlos und schön herum. «Das darf ich nicht vergessen», dachte Tim, «auch wenn mir sonst so vieles durch die Finger rinnt: Wie man auf eine große, helle Düne im schwarzen Wald zuwandert, mit einem Freund, und wie eine Anziehungskraft von diesem Hügel ausgeht, dass man zu ihm kommen muss.» Aber er durfte jetzt nicht sentimental werden, sondern ging weiter und zog am Fuß der Düne seine Schuhe aus. Langsam stiegen sie hinauf, den kühlen Sand zwischen den Zehen. Oben nahm Johannes vier Bierdosen aus dem Rucksack, die er nebeneinander in den Sand stellte. Zwei zog er auf und reichte eine Tim. Der Mond hatte jetzt ein großes Wolkenloch gefunden. Wie ein weiter Rahmen umstanden ihn die Wolken. Sie stießen mit ihren Dosen an.

«Komisch, wie man hier so sitzt und trinkt. Du bist ein anderer», sagte Johannes, «aber eigentlich –» Dann nahm er einen langen Schluck. Tim fragte ihn, was aus Ricarda geworden sei, einer Hünenhaften, sichtbar wie ein Leuchtturm, extrem vital, und er antwortete nur «Ach, hör auf», und dazu zog er die Schultern hoch und machte einen Buckel wie eine Katze, und da wusste Tim, dass er nicht weiterfragen sollte. Auch nicht nach der Arbeit, denn das war ein unangenehmes, kratziges Feld. Nach dem Studium hatte Johannes einige Berufsideen entwickelt, aber heimlich wollte er vor allem ins Reich der Gedanken einziehen, um dort eine nicht unbedeutende Rolle zu spielen. Er hatte einen befristeten Job bei seinem Professor erhalten, anschließend als Stadtführer gearbeitet und bei einem jungen Verlag mitgemacht: ein kleines enthusiastisches Team, Johannes für Herstellung und Marketing zuständig, aber sie hatten sich völlig verkalkuliert, Geld und Elan verflogen. Zuletzt der Versuch bei einer Architekturzeitschrift als freier Autor, Schwamm drüber – und sie hatten doch beide, wenn sie nach einem gemeinsamen Nachmittag in der Bibliothek wie Ritter auf ihren Rennrädern in die rote Abenddämmerung sausten, nebeneinander, die Arme ausgestreckt, sich an den Fingerspitzen berührten, den Wunsch, diese seltsam beleuchtete Anordnung hier unten zu verstehen. «Und jetzt sitze ich in einer Fensterbox im fünften Stock und errechne Marktpotenziale und muss auf Betriebsfeiern ins ‹Bowling Roma› gehen, Hilfe», sagte Tim. Der Sand strahlte mondgelb. «Noch mal studieren, diesmal in Condate», antwortete Johannes und öffnete ihre zweiten Dosen.

«Du Hans im Glück», sagte Johannes, und dann, nach einer kurzen Nachdenkpause: «Du bist drinnen, und ich bin draußen.» «Hör auf damit. In Wirklichkeit ist es genau umgekehrt», antwortete Tim, weil Anna das jetzt gesagt hätte und weil Johannes gleichzeitig recht, aber auch unrecht hatte. «Du hattest einen Traumstart, du warst in der zweiten Klasse Klassensprecher, und in der achten warst du in der Landesauswahl im Basketball.» «Zum PROBETRAINING», korrigierte Tim, «und was hat es mir genützt?» «Ist doch nur Welt», antwortete Johannes. Seine Augen funkelten schlitzig. Die Luft wurde kühler, und jetzt wärmte der Sand, in dem noch die Sonne vom Tag gespeichert war. Ein Käuzchenruf von irgendwo.

«Gaius Barfuß geht pissen», sagte Johannes, stand auf und trollte den Sandberg hinab. Seltsam: Der Mond schien im Laufe des Abends größer zu werden. Tim versuchte, seine Kenntnisse zusammenzukratzen: Kommt er uns näher? Aber in der Bier-Unklarheit konnte er die Gedanken nicht ordnen. Er versuchte, sich an ein Schaubild des Planetensystems zu erinnern, welche Kugel wo stand und wie sie umeinander rotierten.

Johannes ging unten zum Waldrand, davor lag ein Teich mit einem Uferstein, auf den er sich stellte. Sein hoher Strahl plätscherte und zog Ringe. Auf dem vom Mondlicht erhellten Wasser breiteten sie sich aus. Aus dem Wald war ein Geräusch zu hören. Ein Scharren oder Husten oder Rubbeln? Eines der Wildschweine, von denen Johannes gesprochen hatte? Wenn ein Wildschwein kommt, muss man zum nächsten Baum sprinten, und dann muss man immer ganz eng im Kreis um den Baum herumlaufen, das können die Wildschweine nicht gut. Aber Johannes kam langsam und sicher zu ihrer Düne zurück und stieg bergan.

«Grab mich wieder einmal ein!», sagte Johannes. Er legte sich auf den Rücken. Da sie beide im T-Shirt losgelaufen waren und es zügig abkühlte, war das eine vernünftige Idee. So würde ihnen beiden warm werden. Als Schaufel benutzte Tim die Hände und begann, Johannes in geduldiger Arbeit mit Sand zuzuschütten, der beim tieferen Graben unten feucht und schwer wurde. Johannes lag ruhig da, sah in den Mond hinauf und schloss dann die Augen. Nur einmal spuckte er kurz, als Sandkrümel in seinen Mund spritzten. Dann war er ganz vergraben und sah wie eine gut gewickelte Mumie aus, Tims Werk beendet. «Möchtest du noch Bier?» Johannes nickte vorsichtig, damit der Sand nicht vom ihm herabrieselte. Tim träufelte ihm sorgfältig den Rest aus der Dose über die Unterlippe ein.

Beim Aufwachen umarmten sie sich. Anna und Tim waren auf dem sommerlich warmen Dachboden sehr früh wach geworden, auch weil ein Vogelstimmendurcheinander durchs Kippfenster drang, und weil es noch so früh war, rutschten sie zueinander, umschlangen sich, und Anna umarmte auch Doris aus dem Traum, aus dem Halbschlaf, die sie wiedersehen wollte, und Tim umfasste auch seinen Freund Johannes, der nicht knochig war und keinen Buckel machte, während sie noch einmal in den Dämmer fanden, in die Wärme des anderen, sich vergraben konnten, noch nicht in den Tag hinausziehen mussten. Später zupfte Elias an ihnen herum, und sie rollten ihre Schlafsäcke ein, frühstückten noch mit den Freunden, bei denen es Grapefruit-Hälften mit vorgeschnittenen Segmenten und Zuckerüberzug gab, bedankten sich und machten sich auf den Rückweg.

Anna nickte hinter Frankfurt ein, nachdem Elias begeistert die Flugzeuge direkt über der Autobahn gezählt und Tim ihm das Wort Einflugschneise erklärt hatte. Als sie wieder aufwachte, sah sie zum Tacho hinüber: 180. «Das Tempo bemerkt man auf diesen neuen, glatten Autobahnen gar nicht», sagte Tim. «Wo sind wir denn?» «An der alten Grenze.» Auf beiden Seiten erschienen große Parkplatzflächen. Dann hohe Masten mit Scheinwerfern, die in alle Richtungen zeigten. Ein braun verglaster Wachturm. Das Schild: «EHEMALIGE INNERDEUTSCHE GRENZE 1945–1990». Tim rief nach hinten: «Elias», er musste sich räuspern, «hier stand früher die Mauer.» Elias sah freundlich aus seinem Disney-Taschenbuch hoch, mehr ein Bilderbuch, das er erst ansatzweise lesen konnte: «Was ist denn?» «Da hinten, die Mauer.» «Ja.» Er strahlte und senkte den Blick wieder in seine Dagobert-Geschichte.

So hatte Tim auch einmal auf der Rückbank gesessen und Comics gelesen. Er wusste noch genau, wie Dagobert sich auf sein Bad im Goldspeicher freute, wie er auf dem Sprungturm stand und mit den Armen ruderte. Sie hatten damals einen Audi 80, grün-metallic, schaumstoffweiche Polster, in denen man versank. Sie fuhren durch irgendein Mittelgebirge, wo das ständige Kurvenfahren sein Dagobert-Heft verrutschen ließ. Dann wurden sie langsamer und bogen auf einen Parkplatz ab, man sollte aussteigen. Seine Beine waren halb taub, sackten weg und kribbelten bei den ersten Schritten: Dort unten lag die Mauer. Sie verlief schnurgerade durch die Wald- und Wiesenlandschaft. An beiden Seiten befand sich ein breiter Sandstreifen, der von einer niedrigeren Mauer begrenzt wurde. Dazu Scheinwerfer mit sehr langen und weit vorgebeugten Strahlern, Wachtürme in gleichmäßigen Abständen, Stacheldrahtspiralen, alles perfekt aufgeräumt. Sein Onkel, der Offizier bei der Bundeswehr war, erklärte etwas. Davon behielt Tim nur das neue Wort TODESSTREIFEN, weil es so unheimlich war und einen Kälteball den Rücken hinablaufen ließ.

Vielleicht würde Elias irgendwann in einem Geschichtsbuch «Todesstreifen» lesen. Dort würde erklärt werden, wie es zum Mauerfall gekommen war, die politischen und wirtschaftlichen Faktoren, Strukturkrise des Ostblocks, technologischer Rückstand, Planwirtschaft, Freiheitsbestrebungen, Flucht aus der DDR, und das stimmte alles, aber man konnte auch finden, dass alles wie von Geisterhand geschah, dass eine unsichtbare Hand von oben zugriff, die Mauer zwischen die Fingerspitzen nahm, sie ganz leicht wie ein Kraut aus dem Boden pflückte, als lange, schlenkernde Steinkette nach oben warf, wie zum Spiel, ins Nichts hinein, das ist AUCH WAHR – dachte Tim und konnte aus der Enge zwischen zwei polnischen Lastern endlich auf die linke Spur ziehen.

«Lass uns an der nächsten Raststätte herunterfahren.» Er blieb beim Auto und lehnte sich hinten an die Kofferraumklappe. «Toilette mal», hatte Elias erklärt, und Anna wollte einen doppelten Espresso trinken. Während Tim auf die beiden wartete, sah er seine Nachrichten durch. Eine vom Chef, der ihm mitteilte, dass der Zukauf des Dating-Portals morgen im Vorstand besprochen werde und dass er SEHR optimistisch sei. Und dann noch zwei oder drei weitere Sätze, die Tim aber nicht las, sondern schnell weiterschob, aus den Augen, aus dem Sinn, zur zweiten Nachricht: von Karl, Überraschung. Sie hatten sich vor vielen Jahren in einer Einrichtung für gestrandete Jugendliche kennengelernt, in der Tim ehrenamtlich gearbeitet hatte. Einen Winter lang unternahmen sie ausgedehnte Spaziergänge durch die Stadt. Das lange und gleichmäßige Gehen sollte Karl guttun. Auf jeden Fall verbindet es, wenn man ziellos nebeneinander durch Wind, Kälte und Dunkelheit stapft, dabei gelegentlich einen Satz fallen lässt und ansonsten an Straßenecken von feuchten Böen erwischt wird. Seitdem schrieb Karl ihm. Er zog wieder zu seinen Eltern, aber natürlich gab es jede Menge Probleme. Zuletzt hatte er einen Rap-Song aufgenommen, dessen Text oben in der letzten empfangenen Nachricht noch zu lesen war: «Denn ich fühl mich so wie ein SCHWAMM, tausend Poren, aufsaugen ist mein Programm, aber noch häng ich fest, woher ich stamm.»

Wo hing er jetzt? In Bolivien, wie er verkündete, in La Paz. Tim las weiter: Bei der Arbeit mit Straßenkindern hatte er Katharina kennengelernt, die als Au-pair in einer Diplomatenfamilie arbeitete. An der Nachricht hing auch ein Bild, und da lehnte sie mit Karl an einer Mauer: seeblaue Augen, durchsichtig-lächelnd, blütenweißes Shirt. Und das war Karl neben ihr? Dieser zitternde Junge, mit dem er durch die vereiste Stadt gelaufen war? Und jetzt stand er auf der anderen Seite der Welt in der warmen Sonne und hatte dieses Mädchen kennengelernt? Was war geschehen? Er schrieb: «Ich könnte mich in Katharina verlieben, aber ich bin unsicher. Ich muss mich auf die Arbeit mit den Kindern konzentrieren, und dazu dieses neue Land: Wäre Liebe jetzt TOO MUCH?»

Tim ging ums Auto herum, setzte sich auf die Motorhaube, zog das Bild der beiden größer und überlegte: War es komisch oder falsch, so zu reden: «Ich könnte mich verlieben?» Von der Fahrt war er schläfrig und versuchte, sich zu konzentrieren: Es ging um Liebe. Liebe, die zupackt, die zittern und beben lässt, Liebe kommt über uns, sie lässt dir keine Wahl. Klang das aufgesagt, wie ein etwas peinliches Zitat, war das TOO MUCH? Jetzt wäre ein Fahrtbier gut, dachte er, aber das ging nicht als Vater mit Kind. Er sah hoch zu einer Hügelkette in der Ferne. Darauf standen drei Windräder, die sich langsam drehten. Der Himmel darüber in rot-blauen Schichten, die nach unten ausfransten. Alles franst aus, dachte er, nichts steht fest, alles nur möglich: «Ich könnte mich verlieben», «ich könnte an etwas glauben», «ich könnte für etwas kämpfen?»

Wann hatte das begonnen? Damals hatte er mit Pochen im Kopf und, über eine große weiß glänzende Tischplatte in der Bibliothek gebeugt, Nietzsche und Lyotard gelesen. Sie hatten erklärt, dass alle großen Wahrheiten, die wir für unverrückbar halten, nur erfunden seien, nur Erzählungen. Dass wir frei entscheiden können, wohin wir aufbrechen, oder dass es einen notwendigen Fortschritt gibt: Irgendwann durchschauten die Menschen diese Erzählungen, warfen sie ab und ließen sie zurück. «Das sind Geschichten, in Büchern gelesen», wie Fehlfarben damals sang. Tim hatte sich auch eigene Bemerkungen dazu in einem Schreibheft notiert, die er später in eine Datei übertragen hatte. Meine «Fragmente», wie er es damals nannte.

Die Datei hatte er auch auf dem Smartphone abgelegt, aber er hatte ewig nicht hineingesehen. Einen Blick könnte man jetzt wagen, da Anna und Elias noch nicht in Sicht waren?

Also las er, auf der Motorhaube sitzend, das Rauschen der Autobahn im Ohr und leicht gerötet, weil sie vielleicht doch peinlich waren, seine alten Aufzeichnungen. Er fand etwas über «Indiana Jones und der letzte Kreuzzug», den Film hatte er mit Johannes bestimmt fünfmal gesehen, dann eine Notiz über die Voraussage Franz Beckenbauers, dass die deutsche Nationalmannschaft nach dem WM-Titel 1990 auf Jahre hinaus unschlagbar sein werde, als Beispiel für die Unzuverlässigkeit aller Zukunftsvorhersagen, und darunter eine längere Überlegung, in der es um Nike-Laufschuhe ging: «Die Revolution von 1989, mit der Nike zum Weltmarktführer wurde: die Erfindung der Luftsohle. Sie verändert die Bewegung und das Körpergefühl. Den Boden weniger zu spüren, heißt, weniger gebunden zu sein, heißt, herumzustreifen. Ich bin nur flüchtig dabei.» Dann kam er von Nike zur «Nike von Samothrake» und dann zu einer gewissen «Julia, die mir im Studentenwohnheim auf dem Weg aus der Dusche entgegenkam, tropfend und nur mit einem Handtuch umwickelt, so ging sie an mir vorbei». Er erinnerte sich an sie, an das flauschige weiße Handtuch vom Hals bis zu den Waden, aus dem sie herauslächelte, an die zu einem Knoten hochgebundenen Haare. Okay, die letzte Wendung, Julia im Handtuch, das war vielleicht kein ganz tiefer Gedanke, aber das Vorangegangene, das war doch gar nicht so schlecht, vielleicht sogar etwas originell, und als er noch weiter nach unten scrollte, stand dort: «Das Leben ist schon eine Kissenschlacht im Vergleich zu dem, was uns erwartet.» Das stimmte auch, vollständig, meine Güte, so unbegabt war er gar nicht, dachte er empört, und vielleicht hätte er doch einen ganz anderen Weg einschlagen sollen und sogar müssen?

Er stützte sich aufs Autodach, sah zur Seite, zu den vorbeirasenden Autos, von denen die schnellsten nur als Schemen zu erkennen waren. Er hörte auf den hohen Dauerton, das Sausen und Pfeifen, das aus dem Fluss der tausend Wagen stieg. Er musste daran denken, wie er neulich auf der Steinschräge an der Ostsee gelegen hatte und wie unten die Wellen anplatschten. Und ein alter Song fiel ihm wieder ein, jedenfalls ein paar Zeilen aus dem Refrain, die er noch summen konnte: «Letting the days go by, let the water hold me down, Letting the days go by, water flowing underground, Into the blue again, into the silent water, Under the rocks and stones, there is water underground.»

Dann sah er sich noch einmal das Foto von Karl und Katharina an. Beide trugen Wanderstiefel, in denen sie barfuß steckten. Karl hatte einen Rucksack um die Schulter gelegt. Katharina in abgeschnittener Jeans, Leben in Shorts. Und sie war wirklich schön und frisch, in Gedanken gratulierte er Karl. Aber was sollte er antworten: Nein, Liebe kann nie too much sein? Dann würde Karl in La Paz lächelnd denken: du lieber Romantik-Onkel in Europa. Da kamen Anna und Elias Hand in Hand zurück. Er konnte Karl auch später schreiben. Als Anna Elias hinten verfrachtet hatte und als sie wieder auf der Autobahn waren, sah sie ebenfalls auf ihre Nachrichten: «Oh, Doris hat gleich geantwortet. Sie meint, dass wir uns diesen Sommer noch sehen sollen, und sie würde uns besuchen. Nach unserem Urlaub würde es passen.» «Wohin fahren wir noch mal in den Urlaub?», fragte Elias. «Nach Schweden, Süßer.» Er nickte zufrieden.

Anna lief an den Wiesen entlang. Schwarze Shorts, weites Shirt, Geflatter am Körper. Die Haare zum Zopf gebunden, der hüpfte, Herz hüpfte mit. Sie war froh, draußen zu sein, zu entkommen, der Enge, die hinter ihr zurückblieb, weite Schritte. Dämpfung der neuen Laufschuhe, tief einatmen, Frische aufsaugen.

Eine Nachbarin hatte sie zu einem Brunch eingeladen. Schon die Einladung hatte sich seltsam ergeben, als vor einigen Tagen ein gebückter, alter Mann in einer zerschrammten Schaffell-Lederjacke auf dem runden Platz zwischen ihren Häusern stand. Er sah sich irritiert um, redete vor sich hin und tappte in verschiedene Richtungen. Anna hatte ihn aus dem Küchenfenster beobachtet und ging nach draußen. «Ich muss heizen, die Studenten frieren doch», sagte er. Sie starrte ihn an: «Aber es ist ganz warm.» Er wischte mit der Hand über den Boden: «Wo ist der Kellereingang, hier müssen doch die Treppen nach unten führen?» Dann sah er auf ihr sehr kurzes T-Shirt, als mache er sich Sorgen: «Und was studieren Sie?» «Er ist wieder ausgerissen!», rief eine Frau, die aus dem gegenüberliegenden Haus trat, sie war Ärztin, Anästhesistin, wie Anna sich gemerkt hatte. «Hier stand früher ein Studentenwohnheim, eine Baracke», erklärte sie, «ich rufe die Polizei, die bringt ihn zurück.» Sie nahm den Alten an die Hand und zog ihn mit sich, und im Weggehen lud sie Anna noch zu einem Brunch am nächsten Samstag ein, damit man sich einmal richtig kennenlernen könne.

Bei diesem Brunch war Anna dann im wörtlichen Sinne eingeklemmt worden, in der Buffetschlange, in der sich vor ihr eine Dreiergruppe aus zwei Männern und einer Frau stritt. Zuerst ging es um den Cockerspaniel der Frau, der dem ersten Mann angeblich ins Gesicht gebissen hatte, heimtückisch im Schlafzimmer, als er sich herunterbeugte, um ihn zu streicheln, und dann sagte die Frau, nachdem sie aus ihrem Rotweinglas einen sehr langen Schluck genommen hatte, mit doppelter Lautstärke und gleichzeitig brüchig: «Ich bin so froh, dass DU nicht mehr in mein Leben grätschst, du NICHT.» Kurze Pause, darauf der erste Mann: «Wer ständig auf den Abgrund zurennt, braucht einen, der reingrätscht», worauf der zweite einfiel: «Und du meinst, dass ich das nicht kann.» «Ganz genau, das meine ich, du aufgeschwemmter Mausepaul.» «Lass endlich Marleen in Ruhe.»

Während es vor Anna also nicht weiterging, stand hinter ihr ein Mann, der ihr immer näher kam, bis seine Nasenspitze ihre Haare berührte. Sie scherte aus, ging nach ganz vorne ans Buffet, nahm sich eine der Dessertschalen, die dort in Herzform angeordnet standen, aber natürlich gelang die Befreiung nur kurzzeitig, denn der Drängler stand nach zwei Minuten wieder bei ihr, so ein liebenswürdiger Lächler mit schläfrig-verheißungsvollem Blick, der fragte: «Haben wir uns nicht schon einmal mit den Kindern im Zoo getroffen?» Anna war grundsätzlich unsicher, ob diese zunehmende Tussigkeit von Väter-Männern wirklich eine historische Errungenschaft war, aber vielleicht musste es so kommen, und schon erzählte dieser hier eine Geschichte aus dem Zoo, von einem Pelikan, der über einen ganz dünn gefrorenen Teich ging und alle paar Schritte mit einem Bein kurz einbrach, es schnell herauszog, weiterging, zur Seite blickte und immer so tat, als sei gar nichts gewesen, gleich weiter, «HA, so knack-platsch, Bein weg, HA, HA».

Wie kam sie hier wieder raus? Den Fluchtweg zur Seite versperrte ihr die eben hinzutretende Anästhesistin. Vielleicht könnte man sie um eine Narkose bitten, wie in dem Buch, das sie Elias gerade vorlas: «Blauer Traum, Operation vorbei, nix gemerkt, Tiger gesund.» Aber die Ärztin fragte stattdessen: «Schätzchen, ihr bestellt eine Biokiste, habe ich vor eurer Tür gesehen, dieses seltsame Gemüse gestern, was war das?» «Mangold», antwortete Anna brav, die es auch nicht gewusst und erst mithilfe der beiliegenden Rechnung identifiziert hatte, aber wieso steckte diese Frau die Nase in ihre Biokiste? Sie lächelte angestrengt. «Wir Ärzte glauben nicht an gesunde Ernährung. Wer das gesehen hat, was wir gesehen haben.» Eine jüngere Frau stellte sich dazu, «Polina», perlmuttrosa Lippenstift, der Rest des Gesichts weiß geschminkt. «Russenschminke», dachte Anna, Polina lehnte sich an die Ärztin, und nun sah der Lächler wieder seine Chance: «Sollen wir uns mit einer Mousse au Chocolat ans Fenster stellen?» Anna blickte zur Terrassentür, Fluchtweg, die aber geschlossen war, und in den Gärten wieder die Reihe der Riesen-Trampoline, der Ufos. Sie blickte auf die Uhr: «Oh, ich bin zum Joggen verabredet, sozusagen, tut mir leid, ich muss dringend los, die Zeit hier ist so schnell vergangen.» Sie gab sich Mühe, nicht schon im Wohnzimmer loszurennen.

Gedanken verhedderten sich im Kopf wie früher beim Stricken, das sie deshalb auch gleich wieder aufgegeben hatte, Wolle, die durchhing, Wolle, viel zu straff, wieder aufgetrennte, durchgescheuerte Wolle, Verknotung im Knäuel: Wie war sie zu diesen Nachbarn gekommen, und wieso war sie jetzt auch eine Hausnachbarin geworden? Einbrechende Pelikane. Es war folgerichtig, denn sie hatte es sich erarbeitet, es war vernünftig, nicht ewig zu mieten,

Geld zu verplempern, und auch die anderen mit Kindern verließen die Altbauwohnungen, früher oder später, jedenfalls die anderen, die ihnen glichen, während die wirklich anderen draußen blieben, über die Tischkante kippten, auf der das Spiel des Lebens stattfand, in dem sie schon immer zielstrebig vorangekommen war: Es war folgerichtig, absehbarer Lebenslauf einer Langweilerin im Tiefsten, und nur gerecht die Strafe, dass tussige Männer in deinen Haaren hängen, und in zehn Jahren freust du dich, wenn sich einer mit dir mit Mousse au Chocolat ans Fenster stellen will – verdammt, Laufschuhe geschnürt, Schlüssel packen und rennen.

Mit Schwung bog sie in einen Waldweg ein. Federnder Boden, raschelnde Amsel im trockenen Laub. Wärme fließt durch den Körper, Gesichtshaut rötet sich. Einen Hügel hinauf, über eine erhöhte Wiese, dann vorbei an der Schafherde mit dem transportablen Zaun, die immer verlegt wird, ein neues Wiesenstück zum Abgrasen bekommt. Dieses Geräusch, wenn sehr viele Schafe Grasbüschel abzupfen, sanftes Reißen. Anders als das Graszupfen einer Pferdegruppe, das sie aus dem Kippfenster ihres Kinderzimmers gehört hat? Ihr Elternhaus ganz am Ende der Siedlung, letzte Kehre, dahinter die Wiesen. Zupfen Pferde weniger Gras pro Biss als Schafe und dafür heftiger? Sanft bergab, unten die Straße, an der sie das letzte Stück läuft, sich noch einmal an der Federung der neuen Nike-Schuhe freut. Was tut man aber mit Mangold, wenn man ihn identifiziert hat? Laufklamotten im Flur abwerfen.

Das Wasser rann heiß an ihr herab. Die Haare nassschwer, alles tropft, alles dampft um sie herum. Eingeseift, herabgelaufen, Schaumbälle. Sie hat Zeit, keiner will etwas von ihr. Augen schließen und weiterlaufen, durch Schwaden rennen. Es wird dunkel, und nun läuft sie eine andere Strecke, die ihr bekannt vorkommt. Wann war das, im letzten Jahr, in einem anderen Leben? Nein, das ist nicht lange her, das ist gerade jetzt, und wenn sie zur Seite sieht, dann läuft Johannes neben ihr durch die dunklen Straßen, in denen es regnet und an ihr herabrinnt und tropft. Im Straßenlicht sieht er zu ihr herüber. Er hat sie abgeholt.

Zuerst haben sie am Nachmittag Erdbeeren gepflückt, auf einem Feld zum Selberpflücken. Mit wachsender Begeisterung Körbe vollgesammelt, sich immer neue geben lassen, bis das Auto, der Kofferraum, die Rücksitzbank und der Fußraum gefüllt waren. Im Geruch einer Erdbeerglocke sind sie zu Anna gefahren und haben Marmelade gekocht. Die Zuckerbrühe tropfte von der Tischkante, sie telefonierten herum, brauchten mehr Gläser. Sie rissen das Küchenfenster auf, von der roten Süße wie betäubt. Schließlich haben sie noch einen völlig überladenen Kuchen gebacken, sich die Erdbeeren gegenseitig auf die Zunge gelegt und zuletzt eine Erdbeerbowle in einer großen Salatschüssel zubereitet und geschlürft.

Sie hat den Arm um Johannes gelegt: «Dann lass uns

los, morgen früh muss ich mich wieder um Handwerker kümmern.» «Wollen wir nicht dein Haus noch ganz ansehen?», schlug er vor. «Nein, es ist noch eine Baustelle, und überhaupt. Zum Glück ist draußen schon alles dunkel.» Denn man kann aus den Häusern fliehen, es geht ganz leicht, die Tür zu schließen, loszulaufen, sieh nur an, wie schnell man sich entfernt, läuft ganz leicht.

So eilen sie durch die Straßen, in denen es regnet und eine Dachrinne überschwappt, Sprung zur Seite. Sie erreichen ein altes Hochhaus, in dem oben eine Bar eröffnet hat, 15. Stock. Nach der kurzen Musterung durch einen Türsteher stellen sie sich an das durchgehende Fensterrund. Unten die Häuser wie in einer Spielzeugwelt, Durcheinanderwelt, ein hohes, karges Nachkriegskaufhaus neben einer postmodernen weißen Villa mit Säulen. Oben zwischen den Hochhäusern ballt sich der Himmel schwarzblau. Hinten im Westen ein heller Streifen wie ein Stirnband. Anna mustert die Fransenjeansjacke einer Amerikanerin neben ihr, dann ziehen leuchtende Ringe über die Wand. Es läuft eine Mischung aus Blues und Elektropop und noch anderem. Ein Tablett mit rot und grün schillernden Getränken schwebt vorbei, zur Gruppe der Amerikaner. Sie reden über die Überwachungsstation, den großen, weißen Spionagepilz, der fern im Grunewald leuchtet und ihnen gehört.

Das Muster der beleuchteten Fenster in den Hochhäusern gegenüber verändert sich ständig. Lichter werden ein- und ausgeschaltet, hier wird eine Fensterfläche schwarz, dort strahlt eine auf. «Wie die Felder eines Glücksspielautomaten», denkt Anna, wie auf einer Fährfahrt nach Schweden, auf der sie nebeneinander in Schlafsäcken unter einer Treppe lagen und die halbe Nacht die Glücksspielautomaten aufleuchteten, klackten und manchmal, wenn einer gewann, laut rasselten und klimperten, wie man halb wach und halb im Schlaf hörte, sich zur Seite drehte, zueinander, knurrend, weil der Schiffsboden so hart war.

«Vorsicht, ich werde anhänglich», sie hakt ihren Zeigefinger bei ihm ein und zieht ihn hoch zu einer erhöhten Couch, wo sie Ginfizz bestellt. Sie sinken zurück, blicken in den Raum, wo einige langsam tanzen. Dem Tanz zusehen, Siddhartha-mäßig Ginfizz trinken. In der Schule haben sie «Siddhartha» gelesen, das Taschenbuch steckte in der hinteren Tasche der Jeans, und sie kamen sich vor wie junge Weise, die am Ganges sitzen, das heißt am Lebensfluss, alles vorübertreiben sehen. Sie waren unvorstellbar traurig, und sie waren stolz, weil sie wussten, wie es im Tiefsten zugeht, während die Erwachsenen mit ihren ständigen Verrichtungen und Forderungen nur vergessen wollten, dass Wasser unter den Steinen fließt, unter deinen Füßen rauscht, Siddhartha.

Unruhe unter den Amerikanern. Zwei Männer bewegen sich in Tanzschritten. Die anderen bilden einen Halbkreis um sie herum. Was soll das? Sie legen die Hände auf den

Brustkorb des anderen, drücken sich ab und springen rückwärts. Sind die vom Tanztheater? Während die Musik schneller wird, schleudern sich die beiden über die Fläche. Ein Dritter tritt dazwischen. Kurze, schnell-fragende Sätze, die man hier oben auf ihrem Platz nicht versteht. Beherrscht, kontrolliert und wie selbstverständlich fliegt eine Faust in Richtung Kopf. Der Halbkreis löst sich auf. Andere springen in den Ring. Eine Bedienung eilt heran und wird im Laufschritt gepackt und zu Boden gerissen. Ein Cocktail rinnt als rote Spinne die Scheibe runter. Ist das echt?

Der Fahrstuhl öffnet sich, und drei Security-Männer stürmen heraus. Sie stürzen sich auf die Gruppe: Anna sieht einen schweren, schwarzen Vogel lustvoll auf einem hellgrünen Grashüpfer landen. Sie und Johannes bewegen sich jetzt, allerdings nicht laufend, sondern unauffällig an der Wand entlang zum geöffneten Fahrstuhl. Anna drückt «E», und sie warten, dass die Schiebetür sich endlich schließt und die erleichternde Abwärtsfahrt beginnt.

Unten gelangen sie durch die Drehtür hinaus in die Luft, tiefes Einatmen. Sie haben keine Zeit zum Reden, der Sprühregen fällt jetzt ganz dicht. So laufen sie los, erst einmal bis zur nächsten Ecke, wo sie abbiegen, ohne nachzudenken. Sie hakt den Finger in seinen, hat ihn am Haken, kann wieder loslassen und weiß, dass sie beide schon einmal so nebeneinanderher gelaufen sind, nur weiß sie nicht, wo und wann, aber es ist schon einmal so geschehen, mit

Sandalen über Pfützen springen, ihr Kleid, ein Blumen-Neo-Hippie-Kleid, wehte, und oben leuchteten Regenschnüre vor den Straßenlaternen, so wie jetzt. Als das leichte Tuch, das sie um die Schulter gelegt hat, in einer Windbö wegstrudelt, bindet sie es ums Handgelenk. «Irgendwo da vorne muss ein Club sein, lass uns schneller laufen», sagt er, die Stirn glänzt vor Nässe.

In diesem Club, den sie nicht kennt, verschwindet Johannes sofort unter den Tanzenden. Sie bleibt am Rand stehen, sieht ihn manchmal in der Menge auftauchen. Sie erhält ein blaues Getränk, das die anderen neben ihr auch haben. Jetzt kommt sie sich nicht mehr vor wie Siddhartha, der am Fluss sitzt, sondern nun treibt sie in diesem Strom und wird mitgezogen. Vom Felsen ist sie meterhoch hinabgesprungen. Phosphorarmband und Nixenkleid. Ihre Finger flattern, Lichtkurven laufen an den Wänden entlang. Da eine Parabelkurve, die sich der Geraden annähert, hochschießt.

Jetzt wird die Musik lauter gedreht, und ein Bass-Sturm läuft durch die Mauern. Ein Lichtstrahl zuckt, von dem sie einen leichten, feinen Schlag erhält. Wo ist Johannes? Dort unter den Tanzenden, erstaunlich nah bei ihr. Er trägt ein T-Shirt, das er wohl unter seinem Pullover hatte, und darauf sind die Knochen des Brustkorbs gemalt, oder die Knochen schimmern durch, sozusagen. Sie hört ihn rufen: «IHR MÜSST EINEN TANZ NACH MEINER PFEIFE WAGEN.» Das tanzende Skelett. Er hat ihr Tuch von vorhin um sein Handgelenk geschlungen und reckt die Knochenhand hoch: «DREH DICH NACH RECHTS, GEH IN DIE KNIE, KLATSCH IN DIE HÄNDE.» Wie er sich windet, akrobatisch. Eine silberne Frau singt: «ICH FOLGE, WEIL ICH MUSS, UND TANZE, WIE ICH KANN.» Flötentöne zwischen den Bässen, die Knochenfingerspitzen lässt er wippen, sein Lächeln im Unterkiefer. Ein Glas splittert: «SO ZERFÄLLT DER MENSCH IM STERBEN, WAS FINDET MAN HERNACH, VON BEIDEN NICHTS ALS SCHERBEN, YEAH, YEAH, YEAH!» Johannes winkt und zieht Anna zu sich auf die Tanzfläche, und sie folgt gern, nur zu.

Da geht die Sprinkleranlage los. Kreischen und Protestrufe ertönen, während sie von oben kühl zugeschüttet werden. Natürlich ein Fehlalarm, aber die bekommen das Ding nicht so schnell wieder ausgestellt. «Wir entschuldigen uns.» Neue Buhrufe, das Wasser rinnt und läuft an ihnen herunter, erstaunliche Mengen, sie spucken aus, laufen nach draußen, wo vor der Tür Feuerwehrautos und eilig angerufene Taxis die Straße blockieren. «Wohin jetzt?» Johannes sagt: «Zu mir, das ist nicht weit.» «Wenn du nicht mithältst, schließ ich die Tür ab.» Anna ist als Sprinterin gut, aber Johannes hat Ausdauer. Die Straßenlaternen weiten die Pfützen zu Seen, über die sie springen müssen, und so weiten sich auch die Augen. Sie laufen, dass es im Kopf pocht, biegen ab, quer über Straßenbahngleise, an einer Gruppe von Männern vorbei, die sie erstaunt ansehen, in immer leerere Straßen hinein. Will er sie abschütteln, will er, dass sie hinterherkommt, laufen wir irgendwohin, oder laufen wir nur weg? Anna zieht pfeifend die Luft ein, und gleichzeitig schlagen sie am Türgriff von Johannes an.

Als sie drin sind, fingert sie zitternd an der Musikanlage herum. Sie dreht die Musik weit auf, und wieder beben Mauern wie in einer Stadt, deren Mauern fallen, wenn man außen lange genug herumläuft, und diesmal endet das Beben kreiselnd in ihrer Bauchhöhle. Dann schaltet sie den Deckenstrahler aus, zieht, pflückt und rollt die nasse Kleidung herunter. Johannes liegt schon auf dem Teppich und winkt ihr zu, «sehr gut», lacht sie, «endlich ein Mann, der mitdenkt». Dann schüttelt sie die Haare, klatschnasse Pferdemähne, und zieht den Kopf so heftig zur Seite, dass ein Tropfenfilm durchs Zimmer fliegt, die Tropfenspur an der Wand hängt, dort, wo sie hingehört. Dort, wo die Lichtkurven weiterlaufen, denn heute wird die Parabelkurve die Gerade erreichen und sich über sie legen im Bass- und Gliederbeben, das weiß sie ganz fest. Ein Hinterkopf bohrt sich in die Matratze.

Dieser Glanz der Hüftknochen, ihrer, seiner, beider. DREH DICH NACH RECHTS, GEH IN DIE KNIE. Die Kurve schießt in die Höhe. ICH FOLGE, WEIL ICH MUSS. Wie das Beben sie jetzt in Besitz nimmt, wie leuchtende Blasen wandern, sie durchziehen und vorantreiben. Das ist der Fels, von dem sie abspringen muss. Die Augen weiten sich endgültig zu Seen. Sie trommelt auf dem Brustkorb von Johannes ihr Lied: Alle Wände fliegen hoch, alle

Mauern werden Licht. Und wieder regnet es in Strömen und rinnt an ihr herab, auf heiß gedreht, auf kalt gedreht.

Am Ende dreht sie die Musik aus und breitet ihr leichtes Tuch, das sie durch den Abend begleitet hat, über sie beide.

Johannes fuhr auf seinem alten roten Rennrad zu seiner Wohnung. Von hinten kam eine Straßenbahn heran, nicht mehr die alte rumpelnde, die er gut kannte, sondern eine neue Hightech-Bahn mit blau getönten, großen, weiten Scheiben. Wie ein Aquarium, dachte er, als sie an ihm vorbeizog. Er sah sein Spiegelbild durch die Fensterreihe nach hinten durchgereicht werden. Er trat schneller, um mitzuhalten. Die Straße lag an diesem späten Juniabend leer da.

Er hatte einen Vortragsabend besucht. Im Kulturzentrum war ein bekannter Soziologe aufgetreten, an dessen Aufsätze er sich aus dem Studium erinnerte. Er war runder, als Johannes sich ihn vorgestellt hatte, trug ein T-Shirt unter dem Sakko und sprach brummend-wuchtig. Da vorne war er ganz in seinem Element, redete, ja, quatschte lustvoll vor sich hin, führte diesen und jenen Gedanken aus, kritisierte oder ließ eine Pointe fallen, und dann lächelte er in sich hinein, erfreut über seine Existenz.

In diesem kahlen, viel zu hell beleuchteten Saal mit grauem Auslegeboden und ineinandergesteckten Stuhlreihen, in denen wir, sein Publikum, sitzen, fühlt er sich «sauwohl», dachte Johannes, und dabei fielen ihm die Wildschweine auf seiner alten Jogging-Runde ein: Wie sie an regennassen Herbsttagen durch ihr Gehege stapften, knietief im Morast, mit Schlamm bespritzt, blendend gelaunt, sich noch eine Runde wälzten, mehr Schlamm, so redete und dachte der da vorne: «Oh, noch ein Einfall, gut, kein Wunder, ist ja auch von mir.»

In dem Vortrag war es um alles Mögliche gegangen, um Kontingenz, um das Silicon Valley und auch um Barrieregitter, wie Johannes jetzt wieder einfiel, als er mit seinem Rad an einer großen Baustelle vorbeifuhr, denn dort standen solche rot-weißen Barrieregitter neben dem aufgerissenen Teil der Straße. «DIE BARRIEREGITTER ZUM NICHTS sind weggeschoben», hatte der Redner erklärt und dabei seine Zuhörer herausfordernd angesehen. Johannes kam der Straßenbahn wieder näher, sie hatte halten müssen, und nun sah er sich wieder im Spiegel des hinteren Wagens mit wehenden Locken.

Barrieregitter, dachte er, kenne ich, spüre ich, während er schneller trat, wodurch die lockere Fahrradkette am Kettenschutz schabte, aber nie könnte ich solche Vorträge halten, so brummend-wuchtig, so borstig-vital, so kugelig. Wozu haben Tim und ich studiert, das Fragezeichen als bester Freund, während die, die vorne stehen, jedes Jahr ein neues höchstes oder tiefstes Prinzip an die Wand projizieren und sich gar nicht daran zu erinnern scheinen, was sie alles schon verkündet und wieder verworfen haben. Der Zweifel ist mein Barrieregitter, ich bin ein Strichmännchen mit fliegendem Hemd, das mit einer Straßenbahn um die Wette fährt. Wenn zu Hause jemand warten würde. Aber die Frauen, die ich in Erwägung ziehe, schnippen mich mit einer Fingerspitze weg und schreiten weiter, und wenn eine Scheue, Zweifelnde einmal länger herübersieht, dann ist man sich auch nicht sicher – «was du dir einbildest», hatte einmal eine ganz Schmale erstaunlich energisch zu ihm gesagt, und da verließ ihn der Mut, nachzusetzen, obwohl sie genau das vielleicht gewollt hatte, aber das verstand kein Mensch beziehungsweise kein Mann, und eine Zerbrechliche würde ihm ohnehin nicht helfen, oder vielleicht doch: Minus mal minus ergibt plus? Er beugte sich vor, machte sich ganz flach und schaltete hoch.

Als er an der Bahn vorbeizog, erkannte er, dass die wenigen dort Sitzenden ihn erstaunt anblickten, als sei er ein seltsames Tier. Seine Kette schlug bei diesem Tempo regelmäßig gegen den Kettenkasten, er musste sie erneuern, sie war ausgeleiert. Von hinten kam die Bahn wieder näher, er hörte sie in einer Kurve quietschen, und vor ihm, vielleicht in zweihundert Metern Entfernung, kreuzten die Schienen die Straße. Diesen Kreuzungspunkt musste er vor der Bahn erreichen. Er griff noch fester ins Lenkerband, trat mit voller Kraft in der größten Übersetzung, gleichmäßig, zog tief Luft ein und pumpte aus, überfuhr eine rote Ampel, Schulterblick, ja, er konnte es schaffen, knapp, sehr knapp, triumphierend hörte er das wilde, warnende Klingeln des Fahrers – und war vor ihm über die Schienen hinweg, richtete sich im Sattel auf.

Noch außer Atem kam er in seiner Wohnung an, schaltete das Licht an, lehnte das Rennrad neben die Tür und stützte sich auf sein Stehpult. In diese Wohnung war er am Ende des Studiums eingezogen, eine Halle, Bad und Küche durch Holzverschläge abgetrennt. Am Eingang die Stehlampe mit dem Schirm in Regenbogenfarben von Katrin. Dann die beiden Cocktailsessel mit kurz gewölbten Holzbeinen und Rissen im Polster, aus dem Haus seiner Eltern, die bei einem Verkehrsunfall gestorben waren. Auf dem Fußboden eine hohe, silberne Bierkanne aus Zinn, mit rankenden Pflanzen verziert, der Klappdeckel als preußischer Pickelhelm gestaltet, eine der Kuriositäten seines Großvaters. An der Wand lehnte ein hoher Spiegel mit Goldrahmen, das Glas in der unteren Hälfte angelaufen und blind. Daneben ein Jahresplaner mit einigen Eintragungen in seiner dünnen, hohen Schrift. Den Mittelpunkt des Raums bildete immer noch der große Flipper mit der Weltraumschlacht, den sie aus der Kneipe abgeschleppt hatten. «Warum ist der so schwer?», ächzte einer beim Hereinschleppen. «Das ist doch gerade das Gute», hatte Johannes zurückgeächzt. Und das hinderte ihn später auch daran, sich von ihm zu trennen, er konnte sich nie den Ruck dazu geben.

Hier in dieser Halle hatte er mit Tim «Indiana Jones und der letzte Kreuzzug» gesehen, seine Lieblingsszene, als Indiana Jones den Gral über einer tiefen Grube festhält und dann fallen lässt, «Indiana, let it go». Von hier aus waren sie an Herbstnachmittagen aufgebrochen zu langen Spaziergängen am Landwehrkanal. Während Tim Kastanien unterm Geländer hindurch ins Wasser kickte und sich an den Spritzern freute, sagte Johannes ein trauriges Shakespeare-Sonett auf, das er gerade auswendig gelernt hatte: «O never say that I was false of heart.» Damals trug er einen seltsamen Wollmantel, von dem Tim sagte, dass er ihn an einen Umhang erinnere, den seine Mutter ihm für seinen Stofftierhund, einen Königspudel, gehäkelt hatte. Seine Locken waren noch länger und auch kräftiger. Vor Kurzem hatte ihn eine Friseurin ungebeten auf ein Pflege- und Kräftigungsmittel hingewiesen, aber Männer benutzten so etwas nicht, jedenfalls Männer seiner Generation, von den jetzt Zwanzigjährigen hörte man Seltsamkeiten über ausgedehnte Körperpflegepraktiken, aber er hatte dankend abgelehnt.

Johannes ging vom Stehpult weiter zu seinem amerikanischen Kühlschrank, in dem sich ein leuchtender Waldmeisterpudding, eine Dose Astra-Pils, ein in Cellophan verpacktes Kochschinkenbaguette und ein Bund Petersilie befanden. Das Baguette hatte er gestern an der Tankstelle gekauft, es musste also frisch sein. Dazu passte das Bier. Er schaltete den Fernseher ein und erwischte einen Sportsender, in dem ein Fußballspiel gezeigt wurde, Barcelona gegen Real Madrid. «Dieser Clásico hat wirklich alles», verkündete der Reporter, und Johannes sah beim Essen erstaunt zu, denn er hatte in den letzten Jahren kaum noch Fußball geschaut, eigentlich, seit er selbst nicht mehr spielte, und was er jetzt sah, war etwas Neues: Viel schneller, wie im Zeitraffer oder wie ein Computerspiel, und die Spieler behielten den Ball nicht, sondern leiteten ihn nur weiter. Offenbar foulte man auch nicht mehr, Schweiß, Blut, Tränen? Nicht einmal Schweiß, und seit wann hatten Fußballspieler Frisuren? Das alles musste in den vergangenen Jahren passiert sein.

Er ging zum Regal und zog eine DVD heraus. Er würde jetzt einen seiner Lieblingsfilme einschieben, «Night on earth», der immer gut gewirkt hatte. Von den fünf Taxi-Episoden an fünf verschiedenen Orten in der gleichen Nacht sah er sich meistens, je nach Stimmung, eine oder zwei an. Helsinki fand er am schönsten, eine Winterfahrt, während der es auch im Kopf gleichsam zu schneien begann und die Gedanken friedlich wie Schnee wurden. New York hatte den besten Rhythmus, vor allem in der Fuck-Arie der Schwester des Taxifahrers, aber insgesamt am liebsten mochte er doch die Los-Angeles-Fahrt. Das lag an Winona Ryder, die die Taxifahrerin Corky spielte, an der seltsam an ihr herabhängenden Kleidung und an der

Art, wie sie gleichzeitig fuhr, rauchte, Kaugummi kaute und redete. Wenn Corky das Angebot der Agentin ablehnte, Schauspielerin zu werden, und ihr erklärte, später Mechanikerin werden zu wollen, und wenn dann die Stelle kam, an der sie sagte, dass alles GERADE RICHTIG FÜR SIE lief, ging Johannes ein Schauer über den Rücken: Würde er das auch einmal sagen können, ALLES GERADE RICHTIG FÜR MICH?

Heute konnte er sich nicht konzentrieren, und Corky verschwamm vor seinen Augen. Er schaltete nach einigen Minuten aus, und im Nachbild des Fernsehschirms sah er eine Frau im roten Kleid auf einem Fahrrad, die an einem Getreidefeld entlangfuhr, die Bäuerin auf dem Bild, das Katrin ihm gezeigt hatte, aber nein, er hatte sich getäuscht, denn als sie näher kam, erkannte er, dass es Katrin selbst war. Obwohl er ihr zuwinkte, reagierte sie nicht, dabei stand er doch genau an der Wegkreuzung, an der sie vorbeifuhr. Er sah ihr hinterher, wie sie im hellen Sonnenlicht verschwand, und wieder hatte er sich getäuscht, jetzt erkannte er es richtig: Dort auf dem Sattel saß Anna. Allerdings passte dieses rote Kleid doch überhaupt nicht zu ihren blonden Haaren. Ein Fehlgriff, verzeihlich. Er musste ihr hinterherlaufen und ihr beim Umziehen helfen, so wie den Ballettmädchen in der Garderobe, und schon rannte er los, schon wurde es dunkel, schon eilten sie nebeneinander durch die regenglänzenden Straßen, lachte sie von der Seite zu ihm herüber, sprangen sie über Pfützen – an dieser Stelle zerriss er die Gedankenkette, stand ärgerlich auf und machte zwanzig Liegestütze. Dann setzte er sich an seinen Rechner und prüfte den Kontostand. Er sah sich seine Ersparnisse an, die Reste der Erbschaft seiner Eltern, immer noch eine stabile Bank. Allerdings musste er die Höhe des monatlich zur Verfügung stehenden Betrags kürzen, und überhaupt gab es in den letzten Monaten nur wenige grüne Eingänge und viele rote Ausgänge. Als er die Übersicht des gesamten letzten Jahrs anklickte, erschien die Überweisung der Architekturzeitschrift für die drei, nein, zwei Artikel, die er geschrieben hatte. Immerhin etwas Grünes, aber in Gedanken waren auch diese Zahlen rot.

Ein Studienfreund hatte ihn überredet. Der arbeitete bei einer Architekturzeitschrift, die neuerdings von einem reichen Schweizer gesponsert wurde. Dieser hatte mit undurchschaubaren Investitionen im Onlinehandel so viel Geld verdient, dass er ein schlechtes Gewissen bekam und einen Teil des Gelds für die Kunst ausgeben wollte. Kurz und gut, wie der Redakteur sagte, die Zeitschrift würde nun öfter erscheinen, mit umfangreicheren Heften, und ob Johannes nicht Lust habe, eine Reihe von Porträts und Interviews bekannter Architekten zu schreiben? Er sei doch im Studium immer für seinen Stil gelobt worden, und dass er kein Architektur-Experte sei, wie Johannes zu bedenken gab, sei genau richtig, eine Experten-Brille könne auch alles verderben, Freestyle-Artikel sollten es werden. Also los, Namen wurden diskutiert, Termine vereinbart.

Kroog war sein erster Architekt. Kroogs Stimme klang schleppend, aber auch aufgekratzt. Weil er in seinem Frankfurter Büro ständig auf und ab lief, redete er über das Dielenknarren hinweg. Johannes war in Sorge, ob auf dem Aufnahmegerät, das er, wie die Kontrolllampe zeigte, aktiviert hatte, nachher alles gut zu verstehen sei. Er schob es unauffällig etwas weiter dorthin, wo Kroog herumlief, in seinem weißen Polohemd, der weißen Hose mit schwarzem Gürtel und Mokassins in Orange. Vor den hohen Fensterbögen hing Dunkelheit, «vor 21 Uhr hat Herr Kroog keine Zeit», hatte seine Assistentin mitgeteilt. Es gab Rotwein, den Johannes sich nicht abzulehnen traute und den Kroog freudig zu sich nahm.

«Giebel oder Flachdach?», sollte die pointierte Anfangsfrage sein, aber weil das Johannes doch zu naiv vorkam, hatte er es sich im letzten Moment anders überlegt und fragte, ob Architektur politisch sei? Als die Frage so im Raum stand, wirkte sie auch nicht besser. Kroog antwortete, dass er links und gleichzeitig nicht links sei. «Verstehen Sie das?» Johannes sah ihn fragend an, und Kroog erzählte, wie er als Schüler vor der Tagesschau saß, im flauschigen Bademantel und mit frisch gewaschenen Haaren. Das war 1980. Die Gewerkschaft Solidarność hatte in Danzig die Werft besetzt, und jeden Abend sah man sie hinter den Gittern und Toren im Kampf gegen das Regime: «Ich war für Solidarność, das war mein Verein, aber die Linken waren dagegen.» Plätschernd schenkte er Rotwein nach.

«Dieser General, wissen Sie, Jaruzelski.» Johannes wusste es nicht, schüttelte den Kopf, und Kroog schob nach: «Der hatte ein Monokel, der sah total ausgestopft aus. So wie die Bösen in Tim und Struppi. Aber das kennen Sie doch wenigstens?» Johannes nickte erleichtert. «Jeder Comic-Leser wusste, dass Jaruzelski verlieren würde», erklärte Kroog. Das Interview lief nicht gut an, sie mussten die Kurve kriegen.

«Können wir über Ihre frühen ästhetischen Eindrücke sprechen?», fragte Johannes mit mutig krächzender Stimme. Kroog ging dielenknarrend zum Kühlschrank. «Woher soll ich das wissen», er sprach in den Kühlschrank, «alles strömt durch mich, alles fließt, weißt du?» Warum hatte er zum Du gewechselt, musste Johannes ihn jetzt auch duzen? Er saß völlig verspannt auf dem schwarzen Schwingstuhl, der bei jeder Bewegung zu vibrieren begann.

«SEMIPERMEABLE MEMBRAN, das bin ich: eine semipermeable Membran, durch die es strömt. Kein Wein mehr, was soll das denn?» Er holte zwei Biere aus dem Kühlschrank und ließ sie ploppen, «auch Erdnüsse?» Johannes nickte, um keine Zeit zu verlieren, und fragte nach Frank Gehrys Wohnhaus: «Dieses Haus, das aussehen soll, als hätten verschiedene Menschen daran gebaut», sagte er eifrig. Das hatte er in der Vorbereitung gelesen. Kroog antwortete: «Jetzt weiß ich es wieder: Du musst dein Leben ändern.» Er ging zum Regal und zog ein Buch heraus, «hier steht es: ‹Du musst dein Leben ändern›, sagte Rainer Maria zu mir. Ich tat's und blickte ihn erwartungsvoll an. Er aber sagte: ‹Du musst dein Leben ändern›. Bestrebt, ihm gefällig zu sein, tat ich's abermals, er aber ließ nicht locker. Ich wechselte mein Leben öfter als meine Hemden, sehr zum Schaden meines Seelenfriedens und meines Bankkontos, von häufigen Ehekrisen gar nicht zu reden. Doch immer, wenn ich mich aufatmend zurücklehnte, fing er gleich wieder an, ‹du musst dein Leben ändern, du musst dein Leben ändern›.»

Johannes schlug ihm vor, über Kunst und Moral zu sprechen, obwohl das natürlich auch ein unglaublich abgedroschenes Thema war, aber sie mussten festen Boden unter den Füßen gewinnen, und Kroog antwortete: «Meine Moral: Schluckimpfung ist süß, Kinderlähmung ist bitter.» Dann redete er plötzlich tatsächlich über Häuser: «Daher ging mein Weg in die Höhe.» Er erläuterte sein Projekt in Amsterdam: «Dieser Tower, der auf dem Weg zum Himmel porös wird.» Johannes würde später recherchieren, welchen Tower er meinte, und sah erleichtert auf die Ausschläge des Aufnahmegeräts. Jetzt erklärte Kroog, dass er Sehnsucht habe, sich gänzlich aufzulösen, dann aber Angst davor bekomme. Dann benötige er Erdung und Schwere. Von diesem Gegensatz seien auch seine Bauwerke bestimmt. Bauwerke: Jetzt nicht die Spur verlieren.

«Bodenständigkeit! Ich trage eine Bayern-München-Unterhose. Die habe ich gestern Abend in der Halbzeitpause gegen Real Madrid angezogen, und es hat ja genützt, wir haben das Spiel rumgerissen. Glaubst du nicht?» Er öffnete seinen Gürtel, begann, seine Jeans herunterzuziehen, und dort erschien tatsächlich der Rand einer Bayern-München-Unterhose. Johannes wich zurück, «keine Angst», Kroog ging kopfschüttelnd zur Tür und öffnete sie. Seiner Assistentin, die Johannes vorhin durchgewinkt hatte, rief er zu: «Angela, bin ich schwul?» «Nein», lachte sie, «nein, Kroog, du bist nicht schwul.» Ihr Lachen machte Johannes neidisch.

Am Abend des Interviews lag er in einem Hotelzimmer, das die Zeitschrift ebenfalls bezahlt hatte, und konnte nicht einschlafen. Auf dem Weg hatte er an der Tankstelle Kinderschokolade gekauft, weil er weit, weit zurückwollte, und sie in den Kühlschrank im Hotelzimmer gelegt, aber der komisch-kleine, dunkelbraune Kühlschrank in der Hotelzimmerecke kühlte nicht richtig, und schließlich hatte er alle Stücke schnell hintereinander gegessen, aber es hatte nicht viel geholfen. Er lag auf dem Hotelbett und zählte Schafe, die über einen Zaun springen sollten. Sie blieben hängen, knallten mit vollem Schwung gegen die Bretter oder verweigerten den Sprung wie Pferde beim Vielseitigkeitsreiten im Gelände. Schafe des Scheiterns. BONG, gegen das Gitter. Das nächste Schaf, BONG. BONG, BONG, BONG.

Aus diesem Material ließ sich nicht leicht ein Porträtinterview fertigen, und so hielt Johannes den Redakteur erst einmal hin. Er müsse sich umgehend auf seinen Besuch in Moskau bei Johnson vorbereiten, dem der zweite Porträtartikel gewidmet sein sollte. Johnson hatte sein Hauptquartier nach Moskau verlegt, weil er hier ein ganzes Viertel neu bauen sollte. Johannes buchte eilig einen Flug für die kommende Woche. Die Fragen, die er stellen wollte, mussten vorher in Johnsons Büro schriftlich eingereicht werden. Johannes ging sie noch einmal durch, als er im Taxi vom Flughafen in die Moskauer Innenstadt saß, und als er sie auswendig kannte und die Fahrt immer länger dauerte, weil sie in einem fünfspurigen Stau feststeckten, da schloss er die Augen, sah sich mit Tim bei Kerzenlicht am Küchentisch sitzen und philosophieren, während die Waschmaschine sauste, und vielleicht seufzte er auf, denn der Fahrer drehte sich zu ihm um und hielt ihm eine aufgebrochene Tafel Schokolade hin, die bitter-süß schmeckte.

Als er endlich vor dem Tower, in dem sich Johnsons Büro befand, aussteigen konnte, wurde ihm am Empfang ein Ausdruck überreicht, auf dem seine Fragen bereits beantwortet waren. Irgendjemand aus Johnsons Presse- und Kommunikationsabteilung hatte sich um sie gekümmert, und zuerst war Johannes erleichtert, denn die Antworten klangen souverän, genau wie er es gehofft hatte: «Im 20. Jahrhundert wollten Architekten den Menschen neu erfinden, und ich glaube, das war ein Irrweg. Man muss weder den Menschen noch die Architektur unbedingt neu erfinden, oft reicht es, wenn man sich einmal anschaut, wie ungeheuer reich und vielfältig die Bauten sind, die im Laufe der Jahrtausende errichtet worden sind. Diese Erfahrung mache ich immer wieder, zum Beispiel, wenn ich hier im Engadin mit dem Fahrrad unterwegs bin.»

Aber wieso «hier im Engadin»? Ach so, das waren Standardantworten, Textbausteine. Die bekam jeder. Eigentlich sollten sie leicht variiert werden, und hier hatte jemand die Variation vergessen? Johannes biss sich auf die Lippe. War es naiv gewesen, auf etwas anderes zu hoffen? In der Vorbereitung hatte er gemerkt, dass sämtliche Bilder und Stellungnahmen von Johnson rund um die Welt in bester Qualität abrufbar waren. Wozu führt man solche Interviews, war das ein übrig gebliebener Glaube an den großen Künstler, so, wie sie im Studium ein ganzes Semester die riesige Kuppel des Doms in Florenz besprochen hatten, eine vorher undenkbare Konstruktion, die plötzlich tonnenschwer und zitternd in der Luft stand und den Himmel über Florenz erst wirklich schön werden ließ, und nun hatte er es erst mit einem verrückten und danach mit einem aalglatten Architekten zu tun, und das war jetzt DIE KUNST, entweder stromlinienförmig oder völlig neben der Spur, und wo war sein Platz?

«Kommen Sie, bitte.» Johnsons Assistentin rief ihn auf. Johnson begrüßte ihn mit lang ausgestrecktem Arm und einigen deutschen Worten, denn er hatte seinen Hauptwohnsitz in der Schweiz, wo er mit seiner Familie lebte, wie er sagte. «Im schönen Engadin», meinte Johannes, «aber gleich zum Thema: Sie haben ja schon oft riesige Hochhäuser gebaut. Zerstören Sie damit nicht die kleinteiligen Stadtstrukturen, die Sie sich eigentlich wünschen?» «Nein, das stimmt so nicht», Johnson winkte ihn an eines der Fenster: «Schauen Sie sich zum Beispiel unseren Russia Tower dort an. Eigentlich ist dieser Turm ein kleines Stadtquartier mit allem, was dazugehört, mit Wohnungen, Hotels, Büros, einem Kino und Läden und Gärten. Nur ist es eben ein vertikales Stadtquartier.»

Johannes fragte, ob es problematisch sei, für nichtdemokratische Regierungen zu bauen, worauf Johnson mit dem Hinweis reagierte, dass man mit Schwarz-Weiß-Denken nicht weiterkäme. Johannes nickte, notierte «Nachhaltigkeit» und wollte einiges aus Johnsons Anfängen wissen, aus seiner Zeit als Student. «Leider fehlte mir das Geld, ich bekam auch keine Stipendien, Sie glauben gar nicht, was ich damals alles gemacht habe, um einigermaßen über die Runden zu kommen. Bei einem Bäcker habe ich gearbeitet, ich habe Möbel verkauft, einen Eiswagen gefahren, sogar in einer Disco hatte ich einen Job.» «Als Discjockey?» «Nein, als Türsteher. Na ja, geschadet hat es mir wohl nicht, jedenfalls entwickelte ich damals das starke Bedürfnis, es irgendwann allen zu zeigen.» «Auch das noch», dachte Johannes, und da kam auch schon eine Mitarbeiterin, die ihn freundlich hinausführte. Er rauschte mit dem Fahrstuhl nach unten, heraus aus allen Illusionen ins Erdgeschoss der Wirklichkeit.

Nun hatte er noch einen ganzen Nachmittag Zeit und konnte durch Moskau laufen. Er fand den Weg zum Roten Platz, blieb dort in der Mitte stehen. Wechselnd warme und kühle Luftschwaden zogen herüber, und der Wind trug Sand mit sich, der zwischen den Zähnen knirschte. Weil die Julisonne blendete und die Steine das Licht so grell reflektierten, ging er in das riesige Warenhaus «Gum». Im Eingangsbereich gab es eine Fotoausstellung, die an die Militärparaden auf dem Platz erinnerte. «1982» stand über einem Bild. Er erkannte Breschnew, den Staatschef, der neben einigen anderen Hutzelmännchen stand, die sich gegenseitig stützten, wie gegen einen starken Wind gebeugt, der von der Seite drückte und schob. Er trat näher heran an die versteinerten Gesichter und an die Tieflader, die unten mit überdimensionalen Raketen vorbeifuhren. Waren das eigentlich die echten Raketen, oder hatten sie für die Paraden Kunststoffmodelle gebaut?

Er ging weiter in die erste Halle des Gum und stellte sich vor, wie Breschnew völlig perplex hier hereintrudeln würde, in diesen Ober- und Überkapitalismus mit Farb- und Glitzerschock: PRADA, GUCCI, ESTEL, Taschen, die sich auf goldenen Tabletts drehten, eine mit Strass besetzte Samtjacke im Riesenformat, in der Breschnew wie ein Zwerg herumpurzeln würde, und weiß schillernde Perlen, die an unsichtbaren Fäden herabhingen. Das alles war rund um einen flirrenden Springbrunnen unter einer hohen Glaskuppel angeordnet. Als Johannes einen rosafarbenen Strauch berührte, machte ein Security-Mann in einer Ecke eine kurze, abwehrende Handbewegung. Um seinen Fehler wiedergutzumachen, bestellte Johannes an einem Stand schnell einen Orangensaft, der teuer war und ungeheuer süß schmeckte, und er ärgerte sich: Wenn er erst einmal in Unsicherheit geriet, dann gab es keine Halteseile, dann verlor er alle Festigkeit und wehte wie irgendeine Papierhülle über den Roten Platz.

Am frühen Abend lief er an der Moskwa entlang. Lichtspiele auf dem Fluss, in die sich manchmal einer der großen, gläsernen Partydampfer schob. Auf der anderen Seite die endlosen Verwaltungsgebäude der Stalinzeit, die jetzt so ruhig und friedlich und klassisch dalagen, sandfarben und hell. Auf einem Holzplateau am Ufer wurde getanzt. Er blieb stehen und sah den Tangopaaren zu, ihren Bewegungen, wie aus der Luft gestanzt. Zwei Menschen bildeten ein Y. Danach kam ein langsamer Tanz, den er nicht kannte. Er versuchte, den spanischen Songtext zu verstehen: «Wohin bist du gegangen, meine Jugend, über den Fluss? Bist du auf der anderen Seite verschwunden? Oder hast du dich verwandelt, und nun bist du das Sonnenlicht auf dem Wasser?» So ungefähr.

Vom Fluss weg führte der Weg einen Hang hinauf, an dem sich eine Skisprungschanze befand: Wo waren die Skispringer früher gelandet, hier, mitten in der Stadt? Das ging doch gar nicht. Und er wusste: Das ist einer der Tage, an denen man am Abend die einfachsten Fragen nicht mehr beantworten kann. Zum Glück ging sein Flug am nächsten Morgen schon ganz früh, noch in der Dämmerung.

Einige Wochen später waren die beiden Artikel tatsächlich erschienen, allerdings unter seinem Namen und dem des Redakteurs gemeinsam, der alles Mögliche dazugeschrieben, sich um die Autorisierung der Interviewäußerungen gekümmert und die weiteren Artikel der Serie selbst in die Hand genommen hatte. Johannes hatte daher auch nur die Hälfte des Honorars erhalten, und als Erinnerung an diese Episode standen nun zwei Zeitschriftenhefte in seinem Bücherregal. Er hatte sie ganz nach außen gestellt, und weil die Sonne am Nachmittag drauffiel, waren die Rücken schon vergilbt. Aus dem zweiten Heft sahen oben Fotos heraus, die er in Moskau gemacht hatte.

Er schaltete das Licht aus, legte sich mit dem Rücken auf die graue Überdecke seines Bettes und schloss die Augen. Er war halb wach, halb müde. Aber der Tag sollte nicht mit diesem Scheitern enden. Manchmal hat man Glück, und von irgendwo weit hinten im Kopf wird eine Erinnerung herankatapultiert. Im Gehirn versteckt, in eine Ecke gerutscht oder verblasst, und dann, ohne dass man etwas dazu tut, steht sie plötzlich ganz klar hinter der Stirn, und man weiß wieder, wie es sich anfühlt: Johannes in den Bergen, sich umsehen, sich orientieren. Wann und wo? Von Riva del Garda aus mit einigen anderen in einem gemieteten himmelblauen Ford Transit hinauf nach Madonna di

Campiglio. Sie wollten in der Brentagruppe wandern, schulterten auf dem Parkplatz die Rucksäcke und warfen schnuppernde Blicke in Richtung Massiv. Die noch kühle Bergluft strich um die Waden, aber die Wärme würde sich bald ausbreiten.

Mit einigen Schritten Abstand stiegen sie über ein großes Geröllfeld schräg bergan. Sie gingen in einer Reihe, waren zu viert, zwei Männer und zwei Frauen, und wie sich das ergeben hatte, wusste er nicht mehr. Er hatte sich Leuten angeschlossen, die neben ihm am Gardasee campten, vielleicht hatten sie beim Geschirrspülen über das Wandern geredet? Der Grat, den sie erreichen mussten, war noch weit entfernt und stand als gezackte Felslinie vor dem Himmel. Über der höchsten keilförmigen Spitze hing eine einzige geballte Wolke, als ob sie vergessen hätte, sich aufzulösen. Durchs Geröll stapfen, wo der Wanderschuh schräg zwischen Steine dringt, scheuert oder festhängt. Sein Atem ging stark, die anderen waren besser trainiert als er. Er stellte sich vor, dass sie alle vier an einem unsichtbaren Seil liefen, das in Bögen herabhing, und er sah sie deutlich vor sich, nur ihre Namen wollten ihm nicht wieder einfallen.

Als sie den Grat erreichten, gingen sie dicht hintereinander, trippelten vorsichtig. Der schmale Pfad wand sich durch Felsen. Auf der linken Seite gab es immer wieder Durchblicke nach unten, schaudernd tief, Abhang aus grauem Sand ohne Halt – an einer schmalen Passage hing rechts ein langes Drahtseil, das die Frau dort vor ihm schon in der Hand hielt, das er, noch drei schnelle Schritte, erreichte und erleichtert packte. Er konzentrierte sich auf ihren sonnig-dunklen Nacken, sie hatte eine geometrische Kurzhaarfrisur, und auf die Nackenmulde, durch die eine Schweißperle lief. Sie erreichten einen sicheren Platz zwischen zwei Felsen, auf die er die Arme legen und stehen bleiben konnte. Sie wartete vor dem nächsten Schwindelstück auf ihn. Er folgte und nahm diesmal ihre gespannten Waden ins Visier.

Irgendwann zweigte der Weg vom Grat herab. Erleichtert lief er mit kleinen, schnellen Schritten den Hang entlang, erreichte die Hochebene, auf der wieder Gras wuchs. Sie eilten sicher auf weichem Boden mit ausgreifenden Schritten und hüpfendem Rucksack. Auf halber Höhe des gegenüberliegenden Hangs lag die Hütte, in der sie übernachten wollten. Wegstück für Wegstück wurde sie größer.

Weil alle Tische besetzt waren, mussten sie warten, obwohl sie die Heißhunger-Spaghetti schon gesehen und gerochen hatten. Aber erst einmal gab es nur Wasser aus den kühl nachgefüllten Flaschen. Sie saßen abseits auf einem Felsplateau. Von der Rucksacklast befreit, mit Trägerabdruck auf den Schultern, die Schuhe und Socken abseits zum Kühlen. Da streckten sich die Körper, und im schwachen Abendwind, von der Sonne gewärmt, die noch überm Berg stand, trockneten die T-Shirts.

Die beiden anderen saßen nebeneinander an Felsen gelehnt und hielten die Augen geschlossen. Seine Begleiterin hatte sich erst mit den Händen aufgestützt, dann müde den Kopf in seinen Schoß gelegt. Als sein Magen knurrte, lächelte sie und schlief ein. Die Schwere ihres Kopfes, die dünne Höhenluft rundherum. Er nahm vorsichtig, um sie nicht zu wecken, einen Schluck Wasser.

Die beiden anderen hatten Schatten vor sich, die ihre Felsen warfen, ihre Hinkelsteine. Weiter vorne überschnitten sie sich. Der gemeinsame Schatten, den er und die Frau warfen, sah aus wie ein hingelagertes undefinierbares Tier, ein Mischwesen aus Hund, Löwe und Ziege vielleicht. Die Wolke über dem Grat war sicher lange verschwunden, aber er konnte den Kopf nicht drehen, sondern hielt still.

Morgen müssen sie mit dem Ford wieder ins Tal herunterfahren, und ihre Fahrerin wird summend die Serpentinen genießen, und auf der Rückbank wird einer von dem Workshop erzählen, zu dem er nach Stockholm fliegt, und sie, die jetzt auf seinen Beinen liegt, wird zu Hause mit ihrem Gesellenstück beginnen, sie will eine Standuhr tischlern, aber eine moderne, ganz schlicht, mit strengen und klaren Formen. Aber noch sitzen und liegen sie hier oben, und Johannes mustert die kleine Narbe an ihrer Schläfe und ihre dunklen Haare, eng anliegend und wirklich geometrisch geschnitten, und das kommt ihm archaisch oder asiatisch vor, gefällt ihm jedenfalls, so wie oben auf dem Grat, als sie auf ihn wartete, die lebendig-grünen Augen, die jetzt geschlossen sind, und der schmale hohe Hals.

Er schließt die Augen und hört von drüben: «Wir sollten nach dem Essen sehen, jetzt müsste die erste Runde durch sein.» Im Rücken spürt man kühl, dass die Sonne hinter dem Berg verschwunden ist. Vorsichtig die Beine bewegen, bis die Schläferin wach wird, bis die Schwere verschwindet.

Und so wanderte Johannes in seiner Wohnung, in der es nun stockdunkel geworden war, durch die Brentagruppe, spürte Geröll an den Knöcheln, entdeckte eine Wolke, die sich an der Bergspitze festhielt, und erfand ein Seil, an dem er sich festhalten, und einen sonnig-dunklen Nacken, dem er folgen konnte. Er schmeckte das klare Wasser dort oben in der Senke neben der Hütte, und ihm fiel noch ein, dass die Frau, die ihm geholfen hatte, am nächsten Abend auf dem Campingplatz Gitarre gespielt und «Hello darkness, my old friend» gesungen hatte. Er überlegte, von wem der Song war, und versuchte, die Melodie zusammenzubekommen. Aber es ergaben sich immer nur Musikfetzen, die wegflogen, die er nicht zusammenfügen konnte, bis er einschlief.

Anna vor einer Brotteigmaschine. Auf dem Weg in den Urlaub hatte Elias sie in einer Autobahnraststätte zu der Maschine gezogen. Er stand vor ihr, den Rücken an sie gelehnt. Das gleichmäßige Drehen, Pressen, Walken und Ziehen eines hellen, sich permanent verformenden Klumpens. Wir kneten und werden geknetet. WAS DU MACHST, UND WAS ES MIT DIR MACHT. Die Freiheit des Klumpens. Tim trat von hinten dazu und legte das Kinn auf ihre Schulter: «Könntest du mich heute Abend wieder einmal massieren?»

Anna dachte: Eher wäre ich an der Reihe, massiert zu werden. Und sie dachte: Männer haben es strukturell einfacher. Sie können zwar tief betrübt und ins Mark verunsichert sein, aber kaum ist man auf der Autobahn, ist das meiste schon vergessen. Beim ersten Espresso in der Raststätte fühlen sie sich himmlisch wohl und beginnen zu summen. Auf der Fähre nach Schweden setzte sich das fort. «Es tut einfach gut, über ein Meer zu fahren und das Land hinter sich zu lassen», erklärte Tim. Er hatte die letzte Mail seines Chefs, in der dieser ihm den Kauf des Dating-Portals mitteilte und für seine HERVORRAGENDE Arbeit dankte, sogleich gelöscht, damit sie ihm in den nächsten Wochen nicht unter die Augen kam.

Er schob sich einen Liegestuhl an die Reling, legte die Beine hoch und schloss die Augen: Vielleicht würden seine Erfindungen und Tricks ungesehen versinken, in der Meerestiefe sozusagen, über die ihr weißes Schiff sicher und unberührt fuhr? Aber was hieß überhaupt Erfindungen und Tricks? Wozu hatte er studiert, theoretische Soziologie sogar, er dachte an die Einführungsvorlesung damals:

Fakten sind immer konstruiert, das, was wir Empirie nennen, wird von uns hergestellt, «theoriegeleitet und interessengebunden», er hörte die kühle Stimme der jungen Privatdozentin mit der Pagenfrisur, Wahrheit geht durchs Subjekt. Er rekelte sich zufrieden in seinem Liegestuhl. Und wenn es auch noch funktioniert wie in diesem Fall, wenn die Firma zufrieden ist und Anna ihm Anerkennung geben würde? Er hatte sich selbst hinter den ökonomischen Notwendigkeiten zurückgenommen, er hatte rational gehandelt, und also gab es nichts, was ungesehen in der Meerestiefe versinken musste, was auf dem Grund lag, von Schlamm bedeckt und vermodert, was niemals auftauchen durfte, und nun würde er mit Elias am Schiffskiosk Pommes frites holen, die großen Portionen, die sie sich verdient hatten. Anna gab ihnen einen 20-Euro-Schein mit.

Ein strahlender Morgen, nördliche Helle. Die Sonne schien durch die leichten Vorhänge auf die Holzwand des Schlafzimmers. Anna rutschte zu Tim und zum Licht auf seinem Kissen hinüber. Er gab einen brummend-zufriedenen Laut von sich, und auf irgendein noch so leises Geräusch musste Elias vor der Tür gewartet haben, er drückte die Klinke herunter, lief herein, sprang aufs Bett, umarmte sie und drängte unter die Decke: «Ich will auch ohne Schlafanzug schlafen.»

Die Zubereitung des Frühstücks nahm Zeit in Anspruch, weil Anna zahlreiche halb vertrocknete Orangen auspresste, nach dem ungesunden Tag gestern. Das Holzhaus war so warm, dass sie schon morgens barfuß darin herumlaufen konnten. In einiger Entfernung lag der See. Wasserpunkte flimmerten durch den Vorhang der hohen Birken. Beim Herumräumen und Tischdecken sah man dem silbergrünen Spiel zu.

War alles so ein flimmerndes Spiel, nur ein kurzer Sommer? Früher war sie so sicher ausgeschritten, im Studium und danach, hinein in ihr Unternehmen, wo sie die Stationen durchlief. Sie brach gerne auf, neue Länder im Dunst, in denen sie mit Fingerkribbeln landete, alles lag vor ihr, «du denkst bis zum Meer», wie Tim immer sagte, sie musste lächeln. Sie liebte ihn, und sie hatten Elias bekommen, der sich an ihr festhielt wie sie sich an ihm. Sie stellte die leeren Gläser zum Marmeladekochen, die sie mitgenommen hatte, in eine Reihe auf die Fensterbank. Sicher würden sie genügend Himbeeren finden. Sie war glücklich, das meinten die anderen auch. Was würde Doris sagen? Der Sommer mit ihr, der Fahrtwind im gelben Jeep, als sie zum Meer heruntergefahren waren, die Piste herabgerüttelt. Der Fahrtwind von damals war der Wind hier in den hellen Birkenzweigen, und dahinter flimmerte der See.

Die Zeit mit Doris war vorbei. Und die Zeit mit Elias würde auch vorbeiziehen. Die Wärme des kleinen Kindes an ihrem Körper. Es würde abrücken und sie ohne Wärme zurücklassen. Aber warum sagten die anderen, dass sie glücklich sei, und warum dachte sie daran, was die anderen dachten, wo waren ihre eigenen Gedanken geblieben, weggeflogen? Sie sah sich von außen zu, war sie eine Hülle, eine Hose, mein Gott, man musste doch wissen, ob man glücklich war? Sie kniff sich in den Unterarm. Als Kind hatte es ein Brettspiel gegeben, «Spiel des Lebens», mit kleinen Kunststoff-Autos, in denen die Personen als Stecker saßen, einem Ziel entgegenfuhren, und natürlich gab es zwischendurch Ereigniskarten. In so einem Plastikauto saß sie jetzt.

«Mama, wir wollen Himbeeren pflücken.» Vorsichtig tastend und Zweige zur Seite schiebend, bewegten sie sich immer tiefer in die hohen Sträucher hinein. «In die Himbeeren gehen», hatte ihre Oma gesagt, und jetzt wusste sie, was das bedeutete. Tims Kopf tauchte auf, Elias saß mit einem Henkelbecher auf seinen Schultern. «Gerade halten, Süßer, sonst fallen die Beeren heraus.» Anna bekam Kratzer am Unterarm, von denen sie morgen genüsslich den Schorf abziehen würde. Im Nacken sammelte sich die Wärme. Die Mücken näherten sich und drehten um, wenn sie den Abwehrschirm des ANTI-BRUMM-Mückenmittels erreichten. Weiter durchs Himbeergebüsch, einen kleinen Hügel herauf, «hier ist noch ein voller Strauch, den ich abpflücken muss».

Sie kochten den Nachmittag und den Abend Marmelade, bis das Haus mit süßlichem Geruch gefüllt war. Er ließ sich nicht herauslüften, zog in das Holz der Wände und Bodendielen ein. Anna atmete tief ein, sie sah zu, wie der gezuckerte Saft von der Tischkante tropfte, wie er auf dem Fußboden verlief, und sie ging zu Tim, legte ihm eine Himbeere auf die Lippe und presste sich so fest an seine Rippen, dass er aufseufzte und sie erfreut ansah. Er sah sie ungern besorgt an. Zwar sorgte er sich manchmal, aber nicht gerne um sie, so, wie er auch nicht trösten konnte, das gehörte nicht zu seiner Ausstattung, und damit es zu solchen Situationen nicht kam, hatte er eine Haltung entwickelt, die ihr ohne ein Wort mitteilte, was er von ihr hören wollte und was nicht. Sie aber wollte nicht um Teilnahme kämpfen, also nahm sie sich ein bisschen von seiner Stärke und blieb in ihren Gedanken. Vor langer Zeit hatte ihr Johannes zu einem Geburtstag eine kleine Nietzsche-Büste geschenkt und auf den Sockel mit Faserstift ganz klein geschrieben: «WIR SIND EXPERIMENTE».

Als sie am nächsten Morgen aus der Tür trat, saßen Tim und Elias bereits auf dem hohen Felsen im Garten. Sie nannten ihn «unser Raumschiff» und sahen erwartungsvoll zu ihr herunter. So verschwanden sie in dieser schwedischen Ecke der Welt. Am Abend saßen sie zu dritt im Ruderboot. Tim und Elias hielten erwartungsvoll ihre Angeln, die sie vor dem Urlaub noch schnell bei Aldi gekauft hatten, und sie war froh, dass nichts ruckte, dass kein Hecht anbiss, während sich der Riesenhimmel über ihnen in rote und gelbe Streifen legte. Hin und wieder ruderte sie ein paar Schläge, damit sie nicht ans Ufer trieben. Elias hatte gehört, dass sie beim Blick auf die Landkarte über den Abfluss des Sees gesprochen hatten, und fragte ängstlich, aber gleichzeitig um einen sachlichen Ton bemüht, ob man diesen Abfluss heruntergespült werden könnte?

Eines Abends fuhren Tim und Elias allein auf den See hinaus, und als sie zurückkamen, hörte sie schon an ihren Schritten auf der Holzterrasse, dass sie etwas gefangen hatten. Sie machte ein Foto: Die beiden Männer in der Hocke, sie halten den Hecht gemeinsam an der Schwanzflosse, starren mit geweiteten Pupillen, die rot leuchten, wegen des Blitzlichts, aber auch wegen des Hechts, ihres ersten Hechts. Vorher hatten sie eigentlich einen viel größeren gefangen, den sie schon halb über den Bootsrand gezogen hatten, Elias kam mit dem Kescher fast unter ihn, «noch tiefer», «nein, zieh du höher». Ein Zappeln, Schwirren, Schwanzflossen-Spritzen – dann erschien der riesige Hecht wie eine silberne Wasserpeitsche –, mit einem Platschen verschwand er: aus, vorbei, abgetaucht, die Schnur durchgebissen, deren loses Ende in der Luft hing und leise zur Seite wehte. Sie erzählten ihr alles, Elias taumelte ins Bett, und Tim wollte nachts noch auf der Terrasse bleiben. Er hatte die Angeln nebeneinander ans Geländer gestellt, sodass die Spitzen ins Mondlicht zeigten, rückte sich einen Stuhl zurecht, legte die Beine aufs Geländer und ließ sich bescheinen. «Du Hans im Glück», dachte sie.

Sie vergaßen die Wochentage, trockneten am Abend die Badehandtücher auf dem Geländer der Veranda. Am Morgen rollten sie sie wieder zusammen, um neue Schwimmstellen zu erkunden. Sie fuhren auf einsamen Straßen und Sandpisten, wo kam die Abbiegung zum See? «The road not taken», ein Song fiel ihr ein, sie konnte sich nicht genau erinnern, aber es ging um zwei Wege in einem Wald, als das erste gelbe Laub fiel, und es gab kaum einen Grund, den einen zu nehmen, nur dass das Gras dort vielleicht etwas höher und frischer wuchs, aber man nahm ihn, und hob sich den anderen für später auf, aber man kam nie mehr zu dieser Gabelung zurück.

«Guckt mal die Staubfahne hinter uns, da kann uns keiner verfolgen, schneller, Mama.» Unten zwischen Kiefern und Birken lag das glitzernde Auge des Sees, zu dem sie wollten, die Piste schlängelte sich hinab, sie ruckelten über Baumwurzeln, «da vorne ist es, langsamer, Mama». Der Baumvorhang ging auf, und vor ihnen lag die große kobaltblau schimmernde Seefläche, die kalt und tief aussah. Vorne im Wasser stand ein alter Mann, der sich schaumig die Zottelhaare wusch. Am Ufer wachte sein Hund. Der Alte begrüßte sie, er stamme aus Dänemark, fahre mit seinem Traktor und einem Baustellenwagen durch die Lande. Ob sie den vorne auf dem Weg gesehen hatten? «Ja», sagte Elias mit seiner hellen Stimme. Er besuche Freunde und Bekannte, und wenn man auf dem Rücken in einem See liege, werde auch ein alter Körper wieder ganz leicht. Dann tauchte er den Kopf ins Wasser, bis sich ein Schaumring um ihn bildete. «Warum spricht der Nackte so komisch?» Anna nahm Elias zur Seite und erklärte ihm den Akzent.

Sie zog sich um, schwamm die ersten Züge, und die Tiefe des Sees war wirklich zu spüren. Ihre Züge teilten das Wasser, das sich an den Fußspitzen wieder schloss. WAS DU MACHST, UND WAS ES MIT DIR MACHT. Dieser See hat keinen Abfluss. Am Ufer stand Elias und warf dem dänischen Hund Stöcke ins Wasser. Sie tauchte drei Züge und schwamm weiter bis in die Mitte des großen Topfes, dahin, wo die großen Hechte hausen. Sie dachte an die letzte Nacht, in der Tim sie geweckt und gestammelt hatte, was er dafürkönne, dass die Götter ein solches Geschöpf wie sie erschaffen hatten? So schwamm sie Zug um Zug, und es war schön, wie die Haare durchs Wasser zogen, sie hatte sie zuletzt wieder so lang wachsen lassen wie früher, einatmen und ausatmen: Was du machst, und was es mit dir macht, fahr übers Meer und komm zurück, iss Müsli und iss Pommes frites und lass die Pupillen leuchten.

Am letzten Abend beim Zusammenräumen las Tim seine Mails, die er zwei Wochen lang nicht angesehen hatte. Sein Chef wollte gleich am Montag ein Gespräch mit ihm führen, um 9 Uhr, es sei wichtig. Tim rechnete: Drei Wochen gehörte ihnen jetzt das Dating-Portal, und ihre Leute hatten inzwischen alles durchgecheckt, seine Erfindungen beziehungsweise Täuschungen beziehungsweise Lügen waren aufgeflogen. War das ein Kündigungsgrund? «Was denn sonst», gab er sich selbst die Antwort, während er ihre Angeln zusammenschob. In ihrem Kescher hatte sich ein Angelhaken verfangen und war nicht herauszubekommen. Elias und er hatten es versucht und es dabei noch schlimmer gemacht, jetzt war alles verknotet, und mittendrin steckte der Haken.

Warum jetzt auffliegen, da ihm das Spiel gerade Spaß machte? Würde der Chef zu ihm ins Großraumbüro kommen, um ein Exempel zu statuieren, das alle mithörten? Und dann würde er, Tim, wie ein geprügelter Hund zum Fahrstuhl schleichen, obwohl er das Beste für die Firma gewollt hatte und der Chef selber bestimmt auch schon mehrmals KREATIV vorgegangen war, der Zweck heiligt die Mittel, Augenzwinkern, aber alle Rechtfertigungen waren vergebens, und zu Hause müsste Anna ihn trösten, und anschließend könnte sie wieder anfangen zu arbeiten, sodass die Familie nicht in der Armut landen würde. Ein Arbeitseinstieg Annas wäre, wenn er jetzt darüber nachdachte, ohnehin wünschenswert, denn sie war so still geworden, eingezogen, blickte weidwund in die Ferne, «ach, verdammt», sagte Tim zu Elias, «wir schmeißen den Kescher gleich hier weg, den Haken bekommen wir nie heraus».

Als Anna und Elias zum Provianteinkaufen weggegangen waren und er beim Kofferpacken eine Pause machte, setzte er sich auf einen Felsen, nahm sein Smartphone, hörte «Once in a lifetime» und sang laut mit, in die Einsamkeit der Wälder hinauf, hier, wo ihn keiner hören konnte, sein Singen in das Singen der Wälder, der riesigen Tannen, Geruch von feuchten Holzspänen dazu: «And you may ask yourself, What is that beautiful house? And you may ask yourself, Where does that highway go to? And you may ask yourself, Am I right? Am I wrong? And you may say yourself, My God! What have I done?» Und dann die Refrainverse, speziell für ihn, den Entlassenen, den Gefeuerten, fristlos, schon im August kein Gehalt mehr: «Letting the days go by, let the water hold me down, Letting the days go by, water flowing underground, Into the blue again after the money's gone, Once in a lifetime, water flowing underground.»

«Verbrannt wurde von einem Ende zum anderen ganz Haiṭhabu im Zorn, eine vortreffliche Tat, meine ich, die Svend schmerzen wird. Hoch schlug die Lohe aus den Häusern, als ich in der Nacht vor Tagesgrauen auf dem Arm der Burg stand.»

Haithabu, südlichste Stadt des Wikingerreichs. Auf dem Rückweg machten sie hier halt. Am Ende hatten sie sich verfahren, von der Zufahrtsstraße abgekommen, mussten über Sandwege holpern. Dann standen sie auf dem Besucherparkplatz, von dem aus man in die Senke hinabsieht:

Unten in der Wiesenlandschaft liegen die Museumsgebäude, weiter unten am Wasser, am Noor, die nachgebauten Wikingerhäuser, geschützt und gleichzeitig über den Meeresarm mit der Ostsee verbunden. Sie gingen hinab, mit noch müden Beinen von der Fahrt. Im Dorf standen Besuchergruppen, die sich informieren ließen. Hier musste es am Vormittag geregnet haben, auf dem aufgeweicht-matschigen Boden lagen Holzplanken als Wegersatz. Elias und Tim balancierten auf einem Brett an den Wohnhäusern vorbei.

Die kämpferischen Erfolge der Wikinger beruhten ausschließlich auf der Technik des Schiffbaus. Niemand sonst konnte zwischen 800 und 1000 in Europa so schnelle und wendige Schiffe bauen. In anderen Bereichen lebten sie ganz einfach, Hausbau, Kleidung oder Kunst. Durch einen Hauseingang sahen sie eine Jugendgruppe im Halbdunkel Brot backen, flackernder Ofen, gingen weiter zum Hafen.

«Kannst du dir vorstellen, dass da vorne hinter der Schilf-Ecke plötzlich ein Schiff mit 60 Ruderern erscheint?» «Klar», sagte Elias. Ein heiserer Möwenruf. Sie standen auf der Landebrücke und starrten zum Eingang der Bucht. Das Wasser kräuselte sich hell, ein Sonnenschauer lief hinüber, sodass sie blinzeln mussten. Das Flirren und Schaufeln vieler Ruderpaare war deutlich zu erkennen, volle Kraft voraus. Sie kamen von einer langen Fahrt zurück. Was würden sie mitbringen? Elias summte vor sich hin.

Sie gingen zurück zu einem Brennholzstapel, wo Anna wartete. Sie wollten sich die Stapeltechnik der Wikinger genauer ansehen, in Schweden waren ihnen die verschiedenen Formen von Holzlagern aufgefallen, Zylinder, die oben spitz zulaufen, zum Beispiel. Anna stand dort vorne und telefonierte, auffallend fröhlich, fast etwas zu fröhlich, dachte Tim, fast flirtend. Wer hatte angerufen? Schon während der Abfahrt aus Schweden war Tim sich nicht sicher, war sie betrübt, war sie heiter? Wie Frauen, die bei Dating-Portalen anrufen und sich beraten lassen? Oder rief man da überhaupt an, liefen die Verabredungen nicht vollständig digital? Nicht einmal das hatte er gründlich recherchiert. Aber am Ende des Gesprächs blickte Anna bedenklich und ernst. Als Elias und Tim sie erreichten, sagte sie: «Die Wikinger konnten schon Glas herstellen.» «Aber sie hatten die Säge noch nicht erfunden», antwortete Tim. «Deshalb gibt es auch diese Wickie-Folge, wo er den Sägefisch angelt und damit die Säge entdeckt», sagte Elias. Sie standen im Schatten, weil sich eine turmhohe Wolke vor die Sonne schob. «Lass uns zurück zum Auto gehen.»

Das weite Wiesengelände war von einem Erdwall in Halbkreisform umgeben, den sie erreichen mussten. Aber die Wolkenbank war schneller, und sie entließ einen Hagelschauer: ohne Anfangsphase, sofort mit voller Wucht wie eine aufgedrehte Eisdusche. Als sie zu laufen begannen, spürte Tim ein Ziehen in seinen Rippen, sie hatten an einer größeren Badestelle in Schweden mit anderen Familien

Fußball gespielt, und Anna hatte bei einem Zweikampf ihren Ellenbogen in ihn gebohrt. Jetzt, in der freien Landschaft, gab es keinen Schutz, das Gegen-Anrennen machte es nur noch schlimmer, und Elias heulte, weil die Hagelkörner die Wangen trafen. «Stellt euch ganz dicht zusammen.» Tim legte den Arm um Anna, während Elias sich an der windabgewandten Seite an ihre Beine drängte.

Tim dachte an den Boden unter ihnen, der immer noch die Reste des Wikingerlebens barg: Kämme, Nadeln, Spielsteine. Schwerter, mit dicker Rostschicht überzogen. Kleine Pfannen und Fellstücke. Die Haare hingen ihm nass und hagelverklebt in die Stirn. Windböen peitschten den Hagel gegen sie. Kurze Pause, Hagel senkrecht, dann neuer Anlauf von der Seite. Die Luft war weiß und vollständig undurchsichtig. Da mochte er diese Rippenprellung, dafür lebt man in einem Clan, damit man sich gegenseitig spürt und beharkt. Anna sah zu ihm hoch, und er küsste ihre Stirn. Er bildete mit seiner Frau einen Schutzwall für ihr Kind und stand auf einem Boden, in dem Jahrhunderte mit den Habseligkeiten, Waffen und Spielzeugen der Menschen gespeichert waren.

Seine Haut brannte, die Jeans klebte an den Waden. Kein scheinheilig-verständnisvoller Ex-Liebhaber oder irgendein Verehrer konnte sich in diesen Kreis hereindrängen, kein Grinse-Vogel oder Frauen-Versteher konnte hier landen. Gegen diese Gefahren und auch gegen seinen Chef, der am Montag das Büro betreten würde, hatten Elias und er ihre

Schwerter im Drachenfeuer gehärtet. Hagelschauer wie Jubelschauer. Er kniff die Augen zusammen, weil die Körner in den Wimpern hingen und schmolzen, öffnete sie wieder, hörte die Möwen jauchzen und die kehligen Gesänge der Wikinger. Er war durchlässig für alles, Wind und Hagel durch ihn, bis an die vier Ecken der Welt –

«Wir können weiter», sagte Anna. Im Auto rubbelten sie ihre Haare mit Pullovern aus dem Kofferraum trocken, und Tim erhielt eine Mail, die fast nur aus einem großen Foto bestand, das seine Mutter hinter einem Stück Apfelkuchen mit Sahneberg zeigte. Sie wünschte ihm einen guten Start bei der Arbeit morgen und schöne Grüße auch von Hannchen, «die hat das Foto gemacht». Was war aus der koreanischen Wasserkur geworden, wie hing sie mit diesem Sahneberg zusammen, nicht einmal mit Mitte siebzig erreicht man offenbar Konstanz und Vernunft im Leben, dachte Tim, während Anna beim Schnellstart auf dem Parkplatz in ein Schlagloch fuhr, sodass ihr voll beladenes Auto schleifend aufsetzte. «Morgen setze ich auf», dachte Tim.

Johannes räumte auf. Begonnen hatte es mit Spinnweben und Wollmäusen unter den Regalschränken. Als er die wegsaugte, nahm er aus dem untersten Regalbord einige Pappkisten heraus, die vorne ein kleines Feld zum Beschriften hatten, das in Blech eingefasst war. An einer Blechkante hatte er sich in den Finger geschnitten, der zu bluten begann. Er schaltete den Staubsauger aus, steckte den Zeigefinger in den Mund, hielt ihn an die Luft, aber das Blut tropfte weiter. Das musste jetzt erst trocknen, Taschentuch, Pause, da konnte er einen Blick in den Karton werfen.

Oben lag eine Klarsichthülle, die mit Briefen gefüllt war, Gundas Schrift. Er nahm den Packen heraus und begann vorsichtig zu lesen. Da war auch Gundas Ton, «es gehört zu mir, dass mich irgendeine Idee begeistert, das ist auch oft der Fall, aber es muss immer etwas Neues sein», während er las, sah er sie vor sich, zierliche Gunda, Tänzerin, «denn ich trinke das Neue so unmäßig, stürze es in mich hinein, damit es mich ganz ausfüllt, und wenn der Becher dann leer ist, das ist unerträglich». Im darunterliegenden Brief schrieb sie von langweiligen und unausgefüllten Stunden, und ob es nur die Liebe sei, die in diese dumpfe Leerheit Leben und Empfindung gieße, oder ob es noch andere Gefühle gebe, die das tun? Johannes blickte auf: Ihm hätte Gundas Liebe vollständig genügt, aber sie hatte ihn nie wirklich umarmt, sondern nur huschig umfasst, und als er im nächsten Brief, der auf braunem Packpapier geschrieben war, las, dass sie so verstimmt und verzogen sei wie ihr Klavier, da sah er sich wieder auf dem Fußboden sitzen, sie in einem kurzen schwarzen Kleid Klavier spielend, aber er durfte ihr nicht näher kommen, sondern musste unten sitzen bleiben. Er räumte die Briefe wieder zusammen, dabei tropfte Blut aus dem Finger auf die Klarsichthülle, er wickelte ein neues Taschentuch herum.

Er nahm einen Gummiknüppel aus dem Karton und musste lächeln. Gut, dass der noch da war, ein Beutestück von einer großen antikapitalistischen Demo in Frankfurt. Sie waren mit dem Sonderzug dorthin gefahren, überfüllte Abteile, Rastalocken, Rauch und Gesang, die Italiener kamen dazu. «Habt ihr eure Bezugsgruppe?», «Tandem oder Tridem?», zwei Jungen, die so weit aus dem Zugfenster hingen, «A, Anti, Anticapitalisti», dass man sie an den Füßen packen musste. In Frankfurt die Straßenjagd, Johannes gefasst und zwei Stunden in einen vergitterten Wagen gesperrt. Einen solchen Polizeiwagen hatte er neulich bei Elias wiedergesehen, der eine große Playmobil-Polizeistation besaß. Johannes hatte ihn in die Hand genommen, die hinteren Türen geöffnet und gelächelt, aber nichts gesagt.

Auch von dieser Bezugsgruppe hatte er sich wieder gelöst, weil sie ihn nicht so lassen konnten, wie er war, und irgendwann einer der Anführer «er ist ein Illusionist» gesagt hatte wie der Fahrlehrer damals «er ist ein Träumer». Letztlich war er so wie Gunda: mit Lücke in der Seele, die man wegzudenken versucht, und er legte den Gummiknüppel auf ihre Briefe, schloss den Karton und stellte ihn zurück. Das Blut war getrocknet, er konnte weiter aufräumen.

Er nahm die preußische Bierkanne seines Großvaters, füllte Wasser hinein und goss seine Pflanzen. Seinen Großvater hatte er oft besucht, in dem alten verwinkelten Haus mit dem weiten Garten, in dem ein überdimensionaler Kirschbaum stand. Während Johannes hinaufkletterte, feuerte ihn der Alte von unten an, «höher, höher», irgendwann könne man die Kräne der Werft am Hafen sehen, ihm tränten oben im winddurchwehten Geäst die Augen. Später saßen sie in der Küche, schnitten sich Schinkenscheiben ab, dazu gab es Pellkartoffeln, das Radio mit dem Lautsprecher hinter der Netzbespannung lief: «Willst du mit mir gehn, Licht und Schatten verstehn?»

Johannes stellte die Bierkanne an ihren Platz zurück, öffnete das Fenster auf Kipp, er musste oft lüften, nun kam auch die Sonne durch und schien auf den Flipper, das Weltall wurde hell. In manchen Phasen war Johannes durch seine Wohnung geeilt, vom Schreibtisch ins Bad gelaufen vor Arbeitseifer, um nur schnell wieder zurückzukehren. In anderen geschlichen wie eine Schildkröte von Schwelle zu Schwelle. Jetzt klappte ein Brief durch den Türschlitz, er öffnete ihn, bloß eine Werbung der Gesellschaft, bei der er krankenversichert war, ob er sich schon um seine Altersvorsorge gekümmert habe, man solle einen

Beratungstermin vereinbaren. Er legte den Brief in eine Spargelschale im Art déco-Stil, die auf seinem Flur stand, für Unerledigtes da war, und schloss den Deckel wieder. Wahrscheinlich hatte eine großbürgerliche Familie vor 80 Jahren, die Damen in gepufften Blusen, kerzengerade am Tisch sitzend, mit der passenden Zange daraus Spargel entnommen, und auch er und Gunda könnten längst an einem gemeinsamen Tisch sitzen. Er trat ans Fenster, öffnete es ganz, draußen fuhren zwei Jungen auf Geländefahrrädern eine Slalomstrecke ab, die sie aus Kastanien gelegt hatten. Während der eine fuhr, stoppte der andere die Zeit. «Wir trainieren», erklärten sie, als sie Johannes bemerkten, er nickte.

Am Montagmorgen um 8.55 Uhr rief der Chef an, Tim erkannte die Nummer auf dem Display. «Wir müssen unser Gespräch auf den Nachmittag verschieben. 14 Uhr. Bis dahin.» Tim hatte sich eine Verteidigungsrede zurechtgelegt, in der er auf Fahrlässigkeit plädieren wollte, aber nicht auf bewusste Täuschung, was auch stimmte, er war HINEINGESCHLITTERT. Beim Zähneputzen hatte er Anna ganz unauffällig nach ihrem finanziellen Stand gefragt, mit dem doch alles in Ordnung sei, wozu sie mit vollem Zahnpasta-

Mund nickte, und auf dem Weg zur Arbeit hatte er überlegt, ob er die Freistellung, oder wie es heißen würde, vor seiner Mutter geheim halten könnte? Und jetzt die Verschiebung! Wie früher, wenn die Rückgabe einer Mathe-Arbeit ausfiel. Man war erleichtert, aber auch enttäuscht, weil der Schrecken auf jeden Fall kommen musste, während gleichzeitig noch ein sinnloses Fitzelchen Hoffnung herumflatterte. Tatsächlich wollte der Chef also in sein Büro, das heißt in ihre durchlässige Etage, kommen, um ihn zu enttarnen, wie er schon befürchtet hatte, um EIN EXEMPEL ZU STATUIEREN: Wenn er sich diese Wendung aufsagte, lief ihm erneut ein Schauer über den Rücken, und er sah sich ängstlich um, alle Kollegen beschäftigt, emsig, ein ganz normaler Montag, der so weitergehen könnte.

Als er in die Mittagspause ging, nahm er den neuen Fahrstuhl, der gerade eingebaut worden war. Dieser bewegte sich so lautlos und unmerklich und fast schwerelos, dass man während der Fahrt unsicher war, ob man nach oben oder nach unten fuhr. Tim ging in einen alten Stadtbezirk, den er mochte, nicht weit von seiner Firma und dem Büroviertel entfernt. Dort kaufte er Waffeln in einem Biomarkt, nicht die hellen, nein, die Dinkelwaffeln, die danebenlagen, gut fürs Gewissen, und vielleicht noch Trauben? Der leicht dumpfe Ladengeruch, den er mochte, diese Leute, die einen Kohlrabi hochhalten, ihn prüfend betrachten und wenden und dann zurücklegen. Oder die Frau mit langen schwarzen, kunstvoll verfilzten Haaren und dem indianischen Teint: Wie sie sich entschieden bewegt, hoheitsvoll blickt – auch wenn sie nur einen Quark und zwei Flaschen Bio-Zisch in ihren Korb legt. Wie langsam kassiert wird, Trippelschritte an der Kasse, Sätze hängen in der Luft: «Oh, ich habe die Rote Beete vergessen», «Leon, leg die Kirschen zurück, Leon».

War das sein Abschiedsgang? LEBE WOHL, DU SCHÖNER BIOMARKT? Denn bezahlen konnte man die Trauben in dieser abseitig-gemächlichen Biowelt nur mit dem Job im hektischen Hochglanzviertel, so teuer, wie sie waren. Er ging an den Trauben vorbei und nahm nur die Waffeln. Er verließ den Laden, die schmale Fußgängergasse davor lag im Halbschatten. An einem grauen, halb verfallenen Haus mit brüchigen Fensterrahmen hing der Rest eines «Atomkraft? Nein Danke»-Aufklebers. Das Gelb und das Rot waren ausgeblichen und blätterten ab. Er musste lächeln, im Familienalbum, das seine Mutter angelegt und gepflegt hatte, gab es ein Foto: er im Vordergrund im blau-roten Nicki-Pullover, in die Kamera blickend, entfernt im Hintergrund ein Atomkraftwerk, und darunter, mit Füllerschwung geschrieben, «Tim im Sommerurlaub vor einem Atomkraftwerk». Die Technikbegeisterung seines Vaters.

Einige Jahre später erschienen dann diese Aufkleber. Damals kam er auf einer Zeltreise mit einer Jugendgruppe vom Geschirrspülen zurück. Er hielt seinen Plastikteller und den Becher in der Hand und blieb vor einem VW-Bus stehen, dessen Heckklappe mit Aufklebern übersät war. In der Mitte prangte tellergroß und farbsatt «Atomkraft? Nein Danke». Was hatten die dagegen? Ein Freund kam vorbei und zog ihn zu ihren großen weißen Gruppenzelten weiter.

Und jetzt begannen sie damit, die Atomkraftwerke abzuschalten, und überlegten schon, was sie später mit den Ruinen machen würden. Am Anfang waren die rot-gelben Aufkleber auf Campingbussen und Türgläsern. Gedanken, Ängste, Wünsche, die in solchen abgelegenen Gassen entstehen? Ideen, die sich langsam und über Umwege und auch mit Stillstand zwischendurch ausbreiten, Tschernobyl, Fukushima, weit entfernt und ganz nah, und irgendwann kommen sie als Überzeugungen an die Macht, und dann werden die riesigen Meiler ausgeknipst und die Fotos in den Alben endgültig kurios? Tim setzte sich auf eine Bank unter einer alten Buche, riss die Packung auf und nahm das erste Waffelquadrat. Wie geschieht so etwas, musste es etwa so kommen, weil es vernünftig war? Hier wollte er sitzen bleiben, hier am Rand der stillen Gasse, und nachdenken, wie er es immer getan hatte, in der wahren, in der Johannes-Welt, aus der ihn keiner entlassen und FREISTELLEN konnte.

Damals in dieser Jugendgruppe, mit der er verreist war, in den späten 1980er-Jahren, gab es ein schmales Mädchen mit langen schwarzen Locken. An einem der Gesprächs- und Musikabende auf einem italienischen Campingplatz saß sie plötzlich neben ihm, weil sie zu spät war und nur dieser eine Platz noch frei. Er hielt still und merkte gleich, dass von ihr eine Kraft ausging, von der er ganz umschlossen sein wollte. Das ist die gute Strahlung, dachte er, das sind die schönen Atome, die es doch auch geben muss. In der Mitte des Kreises ging es an diesem Abend aber gar nicht um Atome, sondern um das Waldsterben. Einige der Älteren referierten. Sie sprachen über braun-tote Fichtenhänge und sauren Regen, der den Boden zersetzte. Er freute sich über den Vortrag und stellte sogar selbst eine Frage, mit trockenem Hals, aber er brachte es heraus, damit DAS WALDSTERBEN nur nicht zu schnell aufhörte. Sie neben ihm blickte in der einbrechenden Dunkelheit zu ihm herüber, wie er aus dem Augenwinkel sah. Am Ende sangen sie alle «We shall overcome». Ihr indianisch-weites Hemd, das sie über der Jeans zusammengeknotet hatte, ihre gebräunten Füße mit den weißen Fersen, die auf einer Kiefernwurzel ruhten, ganz nah vor ihm, ihre Stimme hell und voller Güte –

Die Stimme seines Kollegen war kratzig-lauernd: «Was will der Chef von dir?» «Keine Ahnung, vielleicht wegen des Dating-Portals.» «Ah», sagte der andere und drehte sich wieder zu seinem Schreibtisch. «Hast du etwas davon gehört?», fragte Tim. «Ja», sagte der andere, und dann klingelte sein Telefon. Tim sah sich auf dem Schreibtisch um. Alles besuchsfertig aufgeräumt. Am oberen Tischrand lag ein Foto: Anna und er in einer Gasse in Florenz, von hinten aufgenommen, Arm in Arm, das Ganze wie ein verschlungener Zopf aus Ellenbogen, Schultern und Rucksäcken. Sollte er es weglegen?

Ein grauer Sommernachmittag. Sollte man für den Chef das Deckenlicht einschalten? Tim sah zum Lichtschalter herüber und dachte an Miroslav Klose. In einem Interview, das er vormittags gelesen hatte, um sich abzulenken, sagte Klose, dass in seinem Haus Bälle herumliegen, mit denen er zu Trainingszwecken die Lichtschalter an- und ausschießt. Vielleicht fehlte ihm, Tim, genau diese Dosis Wahnsinn zum Erfolg? Dass er zwar einiges einigermaßen konnte, dass er schon in der zweiten Klasse Klassensprecher war, also einen hervorragenden Start hinlegte, dann zum Probetraining eingeladen wurde, aber dass der Wille nie stark genug war, um wirklich zuzupacken, und dass er nie auf solche Ideen mit Bällen und Lichtschaltern –

Der Chef schaltete im Vorbeigehen das Licht an, zog sich einen Drehstuhl herüber und blickte auf die Marktanalyse, die Tim auf seinem Rechner schicksalsergeben geöffnet hatte: «Das war perfekt.» Wie? «Ja.» Er lobte ihn tatsächlich über den grünen Klee, erst im Ganzen, dann auf Einzelheiten eingehend. Tim konnte es nicht glauben, «Begeisterung im Vorstand», hörte er und war fast unglücklich, er wollte einwenden: «Das kann nicht sein, ich habe es mir doch nur ausgedacht, ist alles erfunden.» Das gesamte Gebäude hing in der Luft, man sah es geradezu schweben, aber der Chef redete weiter, als sei nichts geschehen, und während Tim zuhörte, begann er, seine Bedenken zu vergessen, erst ungläubig, dann antwortete er mit großer Sicherheit. Sie tauschten sich aus, ein Wort gab das andere, «ergiebige Fundstellen», «dimensionsübergreifend», sie gerieten in ein lustvolles Erfolgsgerede. Am Ende sprach der Chef über leistungsabhängige Gehaltsanteile und über Tims Zukunft, wo er ihn in einigen Jahren sehe. Er blickte auf das Foto auf dem Schreibtisch. «Haben Sie noch Fragen an mich?» Tim wusste, dass man an solchen Stellen eigentlich eine Frage haben sollte, aber er hatte keine, sodass der Chef nickend aufstand und den Raum verließ.

Würde jetzt ein Ball im Büro bereitliegen: Er könnte das Licht mit einem eleganten Schlenzer ausschießen. Stattdessen nahm Tim einen Zettel von seinem Schreibtisch, knüllte und rollte ihn sorgfältig zu einer Kugel, zielte auf den Papierkorb in der Teeküche – in dem die Kugel nach einem wunderbaren Bogen auch landete! Es war alles eben doch kein Zufall, auch die Einladung zum Probetraining in der Landesauswahl Basketball damals nicht, er hatte einfach Potenzial. Aufkommende Schauerböen ließen die leeren Fahnenstangen vor dem Firmengebäude klirren, aufkommende Schauer in ihm, wohlig sicher, aufbewahrt in seinem Glasgebäude.

Was war nun zu tun? Sollte er seine Strategie ändern, sich nicht mehr klein oder mittelgroß machen, sich nicht mehr gleichsam in der Firma vor der Firma verstecken, sondern anders auftreten: zügig Büroräume betreten und verlassen, mit dieser Rückenhaltung, dass man von der Wichtigkeit seiner Person und Tätigkeit vollständig überzeugt ist, wie er es beobachtet hatte? In der Teeküche begann ein Wasserkocher zu sprudeln. Sein lieber Kollege Gunter mit der kratzigen Stimme hielt einen Teebeutel in die Luft, mit fragendem Blick zu ihm herüber, Tim nickte. Aber wie weit könnte der Erfolg ihn tragen? Vielleicht aus dem fünften in den neunten Stock? War das gut? Ging es weiter oben nicht immer rauer zu, so wie früher beim Sport, wo in den höheren Mannschaften die gröberen Typen spielten, während er sich weiter unten eigentlich wohler fühlte? Aber vielleicht könnte er, und bei diesem Gedanken überlief ihn erneut ein Schauder, eine kleine Abteilung leiten und dieser SEINEN STEMPEL AUFDRÜCKEN? Da fiel ihm wieder ein, dass er die Daten erfunden hatte und dass sein Erfolg auf einem kleinen, süßen, bitteren Geheimnis beruhte, das er ganz hinten in der Schublade seines Gehirns verstecken musste. Fand man nur mit Erfindungen und Lügen in der Welt Beachtung? Hatte er die Seite gewechselt, war er im Begriff, auf die falsche Party zu gehen, auf die BWLer-Party, auf die sie früher nie gingen, und überhaupt, was würde Johannes dazu sagen?

Am Abend schloss er die Erfolgs-Datei und ging zu Fuß nach Hause. Warme Winde aus wechselnden Richtungen in den Straßen. Der Antiquitätenhändler an der Ecke hatte Teekannen und Tassen aus den letzten Jahrzehnten, alte Radios und Bügeleisen herausgestellt. Auch kleinere Möbel, einen Nachttisch, auf dem Schallplatten lagen und eine Nymphe oder Najade stand. Schwalben kreisten über den Auslagen. Dort ein alter Fensterrahmen aus Holz. Ein Sprossenfenster ohne Glas. Ob Anna sich darüber freuen würde? Sie könnten den Rahmen an die fensterlose Wand im Haus lehnen, als Zeichen dafür, dass sie den Blick in die Ferne nicht verlieren, «sozusagen», wie Anna sagen würde.

Der Wind wehte über ein offenes Buch, das auf einem Polstersessel lag, und schlug die Seiten um. «Wo sehen Sie sich in einigen Jahren? Haben Sie noch Fragen?» Das offene Buch der Monate und Jahre, in das Sätze und Bilder hereingeweht werden, und der Wind blättert um. Tim handelte den Preis für das Sprossenfenster herunter und packte es am oberen Rahmen. «Sie können es abschleifen und schön neu lackieren», sagte der Händler. Aber das war keine gute Idee, das würden sie wohl nicht tun. Tim ging durch die Dämmerung mit dem Fenster in der Hand nach Hause.

Und er sah Anna, die mit einem abgebrochenen Zweig in einem großen Farbeimer rührte. In ihrer soeben gemieteten ersten gemeinsamen Einzimmerwohnung. Sie war gerade Trainee in ihrem Pharmakonzern geworden, aber er verdiente noch kein Geld, sodass sie diese kleine Wohnung genommen hatten, deren Miete sie sich teilen konnten, außerdem wollten sie eng zusammen sein.

Anna stand mit einer Farbrolle auf der Leiter, wo sie weiße Bahnen zog, mehrmals hinauf und hinab, damit alles Grau der alten Mieterin unsichtbar wurde. In die Ecken musste man mit einem Pinsel Farbe quetschen. Er sah zu ihr hoch und musste lächeln, denn sie hatten aus einem Collegeblock eine Seite gerissen, um ihr einen Papierhut zu falten, und wussten nicht genau, wie: «Wie ein Schiff, das man umdreht.» «Aber wie ein Schiff geht, weiß ich auch nicht.» So war es etwas undefinierbares Spitzes geworden, das sich auf ihrem Kopf wieder löste. Die Sonne schien auf einen geöffneten Eimer mit weißer Farbe, und die frische Masse schillerte in Spektralfarben.

In der Mitte des Zimmers standen einige Stühle sowie der Tisch, den Doris in der Ausbildung gebaut und Anna geschenkt hatte. Ein schwarzes Dreibein mit Glasplatte, das man nicht berühren durfte, weil es dann leicht kippte. Eine dünne Folie hing darüber. Tim sah sich im Zimmer um: Was war das für ein komischer, riesiger Heizungskasten? Oben mit einer Marmorbank und an der Vorderseite mit einem Gitter versehen, sah er wie ein Uraltradio aus: eine Gasheizung von 1930, wie die eingravierte Jahreszahl zeigte. Zum Einschalten sollte ein Drehhebel dienen, den sie noch nicht ausprobiert hatten. Erst einmal würde es sowieso nicht kalt werden.

Sie stellten sich an das große Fenster, das fast eine ganze Wand einnahm. Im Innenhof des Häuserblocks wirkte der warme, nasse Sommer: Alles war strotzend grün und wuchs so dicht wie in einem Gewächshaus. «Soll man beim Streichen nun lüften oder nicht? Ich vergess das immer wieder.» Die Palästinenser aus Tims Studentenwohnheim kamen vorbei und brachten eine Flasche Johannisbeerensirup und Sprudelwasser zum Aufschäumen mit. Sie wollten sich für die Zustände im gemeinsamen Kühlschrank entschuldigen, Regalaufteilung, Reinigung, und zuletzt die verschimmelten Joghurts. Tim hatte das nicht richtig mitbekommen, weil er in den letzten Monaten mehr bei Anna gewohnt hatte, aber mit dem Sprudelsaft, der unglaublich süß war, stießen sie auf jeden Fall an. Dann halfen alle beim Aufbau des Glasregals, wickelten die Regalböden aus alten Laken heraus und legten sie vorsichtig in die Seitenständer. Anna stellte die Nietzsche-Figur von Johannes dazu, der sich mit Bauchschmerzen vom Umzug abgemeldet hatte.

Sie strichen auch im Dunkeln weiter, rechts die Rolle, links die Taschenlampe. Weil sie barfuß liefen, hatten sie Farbe unter den Füßen, an denen das ausgelegte Zeitungspapier festklebte. An der frisch gestrichenen Wand waren Fingerabdrücke zu erkennen. Anna hatte sich dagegengestützt, als sie sich liebten. Fingerabdrücke, die nicht überstrichen werden. Die Tauben auf dem Gegenüber-Balkon befanden sich beständig in Start und Landung. Und Tim hörte, als er durch die staubigen Straßen nach Hause ging, auch die Musik von damals wieder, den Punkrock von «Fehlfarben»: «Ich habe das alles schon Tausende Male gesehen. Ich kenne das Leben, ich bin im Kino gewesen. Und doch jedes Mal, wenn ich sie seh, weiß ich nicht, wie es gehn soll, ich find nicht den Dreh.» Und er dachte, dass es damals kein Gerangel gab, wer der Stärkere sei, woran man das misst und wer wie viel Raum braucht, und dass es auch nicht um irgendwelche Ziele ging, sie waren gerade erst angekommen.

Tim war erleichtert und hatte ein schlechtes Gewissen. In diesem Zustand wachte er am Sonntagmorgen auf, in der Sorge, doch noch mit seinen Luftnummern abzustürzen. Die Sache war ihm peinlich, und er war einfach nur dankbar, und da fügte es sich gut, dass der Eröffnungsgottesdienst für das neue und letzte Kindergartenjahr von Elias anstand. Er hatte gleich angeboten mitzugehen, zog eine schwarze Stoffhose aus dem Schrank und sah in seinem Portemonnaie nach, ob Kleingeld für die Kollekte da war. Er räumte sein Zettel- und Kartenfach auf, das ausgeleiert und gleichzeitig angeschwollen war, legte alles auf der Bettdecke aus, darunter die Karte seiner früheren Lieblingspizzeria, die schon gar nicht mehr existierte, auf die Rückseite hatte er mit Kugelschreiber gekritzelt: «Ein Mensch ist in seinem Leben wie Gras, er blüht wie eine

Blume auf dem Feld; wenn der Wind darübergeht, so ist sie nimmer da, und ihre Stätte kennt sie nicht mehr.» Er war mit einem befreundeten Theologiestudenten einmal in dessen Vorlesung gegangen, und dort hatte er die Zeilen mitgeschrieben, und sie waren in geheimnisvoller Weise mit der «Unerträglichen Leichtigkeit des Seins» verwandt, aus dieser Zeit musste die Karte stammen – «Papa, wir müssen los!», rief Elias von unten, und er stopfte alles schnell wieder unaufgeräumt ins Portemonnaie zurück.

Der Nachbarsjunge wollte auch mit in den Gottesdienst. Er ging schon zur Schule und hatte dort Ethik und nicht Religion gewählt. Aber im Ethikunterricht wurden die verschiedenen Religionen auch vorgestellt, und dadurch war er wohl neugierig geworden. «An welches -tum glaubt ihr?», fragte er Tim, als sie in einen Heckenweg abbogen, der zugewachsen war und den sie «Geheimweg» nannten. Tim sah ihn verständnislos an. «Na ja, es gibt doch diese -tums.» Er überlegte. «Judentum. Christentum. Glaubt ihr an das?» «Ja», sagte Tim, «Christentum.» Die Dorfkirche bestand in ihrem unteren, ältesten Teil aus großen, zusammengeklaubten Feldsteinen. Darüber folgten rohe Mauersteine, und auf dem Turm saß ein übergroßer Barockhut. Nun war sie eine Stadtteilkirche zwischen gelben und orangefarbenen Doppelhäusern geworden.

Warum sprach der junge Pastor zur Eröffnung des Gottesdiensts so laut? Tim schreckte hoch. Er brüllte die Gemeinde fast an, dass nun ein neues Kindergarten- und

Schuljahr beginne, das uns Freude und Erfolg bringen werde, aber auch Schwierigkeiten, die zu jedem Lebensabschnitt gehören. Dabei leuchtete sein Kopf rot im Kirchendunkel.

Der Theologenfreund hatte Tim damals von einer Art Sprechtraining erzählt, das sie als Teil ihrer Ausbildung absolvieren mussten. Allerdings hatte der Freund vor allem am Strand gelegen und neben seiner eigentlichen Freundin, die kirchenbekannt und offiziell gemeldet war, mehrere Verhältnisse gepflegt, die er auf Tims Nachfrage hin mit den Worten «du bist doch auch ein Mann» rechtfertigte.

Tim dachte an den Strand, sah das flirrende Licht, hörte das summende Gerede im Hintergrund und das Beachball-Ploppen von der Wasserkante. Da erblickte er die offizielle Freundin wieder. Eines Tages hatte Johannes dem Theologen angeboten, sie zu übernehmen, wegen der vielen Verhältnisse des anderen, da sei es doch einfacher, wenn er sich kümmere – und tatsächlich, wenn sie nach dem Schwimmen aus dem Wasser stieg und auf sie zukam, in diesem zitronengelben Badeanzug, aus einem Stoff, der wie gehäkelt aussah, UND UM DIE SCHULTERN TRUG SIE NUR IHR NACKTES HAAR, äh, langes Haar –

Hier riss ihn ein hohes, verzweifeltes Piepen aus den Gedanken: die Kinderblockflötengruppe der Gemeinde. Sie wurde von einer älteren Dame dirigiert, die Tim kannte, weil sie öfter Einladungszettel in ihre Briefkästen steckte.

Heftig und weit ausgreifend schwang sie die Arme, um den vier Kindern kräftigere, richtigere Töne zu entlocken. Sie stand dort vorn in einem braunen, halblangen Rock, einer hochgeschlossenen Bluse und schloss im Laufe des kleinen Musikstücks träumend die Augen. Am Ende hob sie die Hände, reckte die Fingerspitzen in den Himmel hinauf.

Dann sangen sie alle gemeinsam ein Lied, das sie auf ihrem Textblatt fanden. Sie bemühten sich, die Töne zu treffen, die Jungs rechts und links und er in der Mitte: «VERTRAUT DEN NEUEN WEGEN, auf die der Herr uns weist, weil Leben heißt: sich regen, weil Leben wandern heißt.» Tim musste zugeben, dass er den Text wirklich blöd fand, und Elias sah prüfend zu ihm hoch, ob er wohl skeptisch blickte? Kinder haben ein untrügliches Gespür dafür, wenn ihre Eltern innerlich die Stirn runzeln, und so bemühte Tim sich um einen stabilen, frohen Gesichtsausdruck, weil er hier als Vorbild saß, sang tapfer mit, und nun hatten sie auch schon die letzte Strophe erreicht: «Wer aufbricht, der kann hoffen in Zeit und Ewigkeit.»

Der Pastor trat vor: «Wir haben soeben vom Aufbrechen gesungen!», rief er und erklärte, was alles «aufbrechen» könne, unter anderem auch ein Samenkorn, das in die Erde gelegt werde. Und wenn es wachse, breche auch die Erde auf. Dann ging er in einen Nebenraum und kam mit einer großen Schubkarre wieder, die er mühsam durch den Altarraum kurven ließ. Darin befanden sich zahlreiche kleine Pflanzentöpfe mit einem Samen. Die Kindergartenkinder und die Schulkinder, auch die Geschwister und überhaupt alle Kinder sollten nach vorn kommen, um sich einen Topf abzuholen und in der nächsten Zeit DAS AUFBRECHEN zu beobachten. Elias und sein Freund kamen mit einem schwarzen, kleinen Erdtopf zurück und saßen mit ihren offenen, großen Gesichtern wieder neben ihm.

In der Bankreihe hinter ihnen waren ein sackendes Geräusch und ein «Oh»-Ausruf zu hören. Ein uralter Mann, der Tim vorhin schon aufgefallen war, lag nun in seiner Schaffelljacke halb auf der Nachbarin. «Herr Fischer, hören Sie mich?» Er war hier offenbar gut bekannt, wurde von mehreren Seiten angesprochen und beklopft. Eine Ärztin kam von hinten dazu, legte ihn auf die Bank und zog eine kleine Taschenlampe heraus. «Wissen Sie, wie Sie heißen? Welcher Tag ist heute?» Herr Fischer murmelte etwas, was die Ärztin offenbar zufriedenstellte, «okay, er kommt wieder». Der Pastor fuhr fort, und Tim begann, sich wohlzufühlen. Wie immer rührte ihn das Vaterunser, weil er dabei an die Katakomben in Rom denken musste, die er als Schüler besucht hatte. Wie die frühen Christen dort in erdig-kalten Gängen und Höhlen unter der Erde versteckt diese Worte gebetet hatten, außen zitternd, aber im Inneren sicher und warm, sodass die Angst vor den Verfolgern WEGGESTRAHLT wurde von den Worten «Dein Reich komme»: So stellte er sich das immer noch vor.

Sie standen vor der Kirche. Im Gemeindegarten sollte es anschließend Kaffee und Kuchen geben. Sie sagten: «Nein, danke», mussten leider nach Hause. Die «junge Gemeinde», wie eine Gruppe von freundlichen Jugendlichen genannt wurde, hatte Gasluftballons vorbereitet, die nun gemeinsam in den Himmel entlassen wurden. «Eine Himmelfahrt. Die kann man immer und überall feiern», meinte der Pastor. Alle legten die Köpfe zurück und sahen den roten und blauen Ballons nach. Auf dem Rückweg überholte sie auf dem Fußweg ein Fahrradfahrer. Er saß stark vorgebeugt, lag fast auf dem Lenker und fuhr auch nicht strikt geradeaus. Eine bedenkliche Schlangenlinie führte ihn um eine Baugrube herum. «Herr Fischer!», rief der Nachbarsjunge, und tatsächlich hob dieser vor ihnen grüßend die Hand und rief: «Ja, Herr Fischer, macht's gut, Jungens.» «Der ist mindestens hundert», sagte Elias.

Tims Chef machte Ernst: Er solle nach Chicago fliegen, in zehn Tagen, mit anderen Kollegen zu einer Konferenz. «Wir müssen unser Digitalgeschäft weiter ausbauen, das liegt Ihnen, da ist KREATIVITÄT gefragt», erklärte er, es gehe um Immobilien-Portale, und er werde ihm in den nächsten Tagen einige Unterlagen schicken. «Sie können einige kleine Jobs übernehmen, ansonsten zuhören und in die Materie hineinfinden.» Er trug eines seiner hellblauoptimistischen Hemden, klopfte Tim auf die Schulter und lächelte, weil es in der Abteilung richtig rundlief, wie er Tim im Abgang vertrauensvoll mitteilte.

Am Abend erzählte Tim Anna davon und erwähnte noch einmal den Erfolg mit dem Dating-Portal, auf den sie bisher nur mit einem angedeuteten Lächeln reagiert hatte, als ob sie nicht ganz bei der Sache wäre. Sie holte die A4-Seite für die entsprechende Woche: Die Reise fand direkt vor ihrer Geburtstagsparty statt, zu der sie über zwanzig Leute auf eine nahe gelegene Wiese eingeladen hatte. «Wenn du am Samstag zurückkommst und am Abend die Party stattfindet, ist das knapp – vielleicht kann ich Johannes fragen, ob er ein oder zwei Tage früher kommt und mir bei den Vorbereitungen hilft.» Tim sah, wie sie in ihrer noch immer runden Schrift, ihrer Mädchenschrift, «JOHANNES FRAGEN» auf den Plan malte, und als er das sah, musste er an seine Mutter und ihren orakelhaft-bedenklichen Gesichtsausdruck denken. Aber er wischte das Bild gleich wieder zur Seite, sodass es verlief, und setzte sich zu Elias vor den Fernseher, der gerade eine Folge der Sesamstraße sah, in der Krümel und Lulatsch einem lilafarbenen Kleinen den Unterschied zwischen HIER und DA erklären wollten. Sie stellten sich in einem Abstand voneinander auf und ließen den Kleinen von HIER nach DA laufen, aber immer, wenn er das DA erreicht hatte und froh blickte, war es zum HIER geworden, Enttäuschung, DU BIST JETZT HIER! Elias lachte, und Tim klopfte ihm auf die Schulter.

Aber als er im Zug auf dem Weg zum Flughafen saß und im Halbschlaf und im ruhigen Gleiten vor sich hin dämmerte, erschien ihm wieder seine Mutter vorm inneren Auge, die ihn mahnend ansah, und er überlegte, dass er sie einladen könnte: «Hast du nicht Zeit? Anna ist in letzter Zeit erschöpft, und jetzt die Partyvorbereitung allein. Johannes kommt zwar einen Tag früher, aber ob er eine wirkliche Hilfe ist? Du weißt ja. Am besten kommst du einfach am Donnerstag, ohne Anna vorher zu fragen, als Überraschung.» Er freute sich innerlich: Mutter würde als Überwachungssatellit um die beiden Trabanten kreisen und Laserstrahlen abschießen, wenn die beiden ins Turteln kämen.

Die Reise verlief zunächst wie am Schnürchen. Gemeinsam mit Gunter hatte er einige Folien und Statements vorbereitet, die er auswendig lernte und an der richtigen Stelle zeigte und aufsagte. Ansonsten saß er in wechselnden Konferenzräumen und verhielt sich unauffällig. Alle behandelten ihn so, als ob er dazugehörte, und er lernte schnell den richtigen Ton für die Pausengespräche. Am Abend schloss man sich einer Gruppe an, die zum Trinken ging und anschließend in eine Tabledance-Bar, wo Frauen sich um Stangen drehten und den Zuschauern so nahe kamen, dass ein spanischer Kollege immer wieder ausrief, dass es hier wie im Himmel sei. Am nächsten Morgen trafen sich alle wieder in der Hotelhalle und marschierten los. Seine Kleidung hatte er angepasst und sich im Vorgriff auf die zu erwartende Gehaltserhöhung einiges neu gekauft. Drei Tage vergingen in schmerzloser Geschäftigkeit.

Am letzten Morgen hatte Tim frei. Er stellte seinen Koffer ganz zeitig unten im Hotel ab. Zum Flughafen musste er erst am frühen Nachmittag. Er hatte sich nicht rasiert, trug einen alten, weichen Schlabberpullover und ging barfuß in Schuhen. Aus der Drehtür des Hotels heraus, Morgenhimmel schwarzblau über Chicago. Kräftiger Wind mit dem Geruch vom Großen See. Auf der Suche nach einem Café sah er in der Ferne die Schaumkronen. Es wurde immer kühler, je näher die Straßen dem See kamen, und dann drückte ihn eine Bö geradezu in ein Café. Er suchte sich einen Platz, bestellte einen Cappuccino und zwei Muffins und zog sein Notebook aus dem Rucksack. Bevor er es öffnete, strich er über den matt glänzenden schwarzen Deckel. Das Hochfahren, Summen, Klacken und Hellwerden des Bildschirms in der Morgendunkelheit. Das Huschen über die Tasten, «meine Dokumente», «meine Bilder», alles noch da.

Er öffnete den Ordner mit Bildern: ein Foto von Elias und ihm, auf dem Fußboden mit einem großen Bilderbuch. Es hieß «WIMMELBUCH» und enthielt Szenen einer Stadt: ein Wohnhaus, eine belebte Straße, der Marktplatz, ein Café am Stadtrand, alles im Herbst. Es gab Menschen und Tiere, die auf allen Bildern zu finden sein sollten und die sie in dem Gewimmel suchen mussten, aber das war nicht leicht. Schulter an Schulter knieten sie auf dem Teppich, die Köpfe übers Buch gebeugt: «Sind wirklich alle Menschen auf allen Bildern?», hatte er Anna gefragt, «ich weiß nicht, das könnte auch unregelmäßig sein.» Pizzageruch zog aus der Küche herüber, aber vorher mussten sie Yvonne mit dem Geigenkasten finden, die aus dem Haus gegangen war und doch irgendwo stecken musste, im Kaufhaus, im Parkhaus, auf der Straße neben dem Parkhaus? Auf der letzten Seite des Buches tauchte sie im Café wieder auf, saß seelenruhig da und trank Tee, das hatten sie schon festgestellt, und er dachte: Einige Seiten, auf denen du verschwunden bist, gehören dazu. Er schloss das Foto und führte vorsichtig den Becher an die Lippen, hier im CAFÉ CLOISTER, Café Kreuzgang, komischer Name.

Er saß an einer langen Tischplatte vorm Fenster in einer Reihe mit Drehhockern. Sein Nachbar ein Mann im Kapuzenpullover, in der Kapuze halb versteckt. Er hockte vor seinem Notebook wie ein Mönch vor seiner Schreibtafel – mein Notebook ist meine Seele. Die Seele hochfahren. Prüfen, hinzufügen, löschen. Einen Schutzwall gegen Attacken aufbauen. Alles, was ich denke und fühle, gebe ich in diesen flachen Kasten ein, den ich in meinen Rucksack stecke und mit dem ich durch diese Stadt laufe, «meine Bilder», «meine Dokumente».

Ein Luftzug, weil die Tür sich öffnete, eine Gruppe hereindrängte. Ihr Anführer, ein Typ mit straffer Bauchkugel und glänzend rotem Kopf, begrüßte laut und ausführlich das Personal. Der Mönch stand verärgert von der Störung auf und nahm sich Wasser aus dem Spender am Tresen. Tim brachte seinen Muffin-Teller zur großen Regalbox, wo er ihn zwischen Tassenstapeln, Geschirr, Flaschen und Essensresten abstellte, vorsichtig, damit die Stapelkonstruktion nicht zusammenbrach. Am Tresen bestellte er noch einen Cappuccino und noch einen Muffin. Ein Mädchen nahm ein kleines Silbertablett. Langsam ließ sie Schaum in Ringen auf den Cappuccino laufen, ihre schmalen Finger spielten in den Besteckkästen wie auf einem Instrument. Er balancierte das Tablett an seinen Platz zurück.

Dort schrieb er eine Mail an seinen alten Schützling Karl, er hatte dessen Bolivien-Nachricht immer noch nicht beantwortet. Er suchte ein Foto heraus, das er auf einer Stadtrundfahrt gemacht hatte: die große, glitzernde Silberbohne hier in Chicago am Seeufer. Eine Skulptur, die mehrere Meter breit und hoch ist. In ihr spiegelt sich alles rundherum bis zur Skyline. Je nachdem, wo die Menschen stehen und wie sie hin und her laufen, werden sie gedehnt, aufgepumpt oder zusammengestaucht. Du bist ein Riese, du bist ein Zwerg, du wirst ein Dickwanst, dann ein Lauch. Karl würde das verstehen. Tim sah sich noch einmal das Foto von ihm und Katarina barfuß in Wanderstiefeln an.

Eine angenehme Müdigkeit umgab ihn. Wegen angekündigter Wetterturbulenzen vor dem Rückflug war er aufgeregt viel zu früh wach geworden und aufgestanden, und hier im Café dampfte und redete nun alles beruhigend vor sich hin. Er drehte den Hocker in den Raum und sah hoch zu dem Kronleuchter, dessen Licht durch die vielen angehängten Klunker verstärkt wurde und unter dem die Bedienung mit den schönen hohen Wangenknochen ein Tablett voller Espressi balancierte. Er umarmte sie in Gedanken und wünschte sich, dass auch der Mönch noch bleiben möge im Dampf des maschinenartigen Kaffeecomputers, der immer weiter strömte, zischte, ruckte und eine große weiße Wolke auspustete, die sich wie ein leichtes Tuch auf alles legte, ein Tuch, wie Anna es manchmal trug oder sich ums Handgelenk wickelte, neben den breiten silbernen Armreif.

Das Notebook herunterfahren, aber vorher noch den Datenschrott der letzten Tage wegwischen. «Neueste Chronik löschen», unter all den Adressen sah er lächelnd auch sein zugekauftes Dating-Portal. Allerdings hatte er sich damit in den letzten Tagen doch gar nicht beschäftigt? Und als er weiter nach unten scrollte, waren zahlreiche Einzelseiten des Portals aufgerufen. Anna hatte sein Notebook vor einigen Tagen benutzt, weil ihres einen Blackout hatte. Sie interessierte sich also doch für seine beruflichen Erfolge, das war beruhigend, und hatte seinen Zukauf studiert. Er rollte die allgemeinen Seiten zur Partnersuche durch: «Mithilfe unseres auf 140 Regeln basierenden Matching-Algorithmus», «Kombination aus 400 Antworten», «Balance aus Gemeinsamkeiten und Ergänzungen», und dann kam ein Video, in dem ein Liebesforscher erklärte, dass jeder Mensch eine Maske trage, dass man nur diese Maske analysieren könne. Menschen seien wie Figuren, spitze, runde, eckige, die man zusammenschieben könne, «Wahrscheinlichkeitsrechnung» – aber dann kamen Seiten, als Tim weiterscrollte, auf denen Männer mit ihren Porträts zu sehen waren: Wie weit ging Annas Interesse eigentlich? Seite um Seite tauchten immer neue Männer vor Tim auf und lächelten ihn an. Was hatten die für Gemeinsamkeiten? Vor allem die eine, schien ihm, dass sie ihm selbst ganz unähnlich waren, in seinem Alter zwar, aber völlig anders aussahen. Außerdem lächelten sie scheinheilig. Der letzte hatte zudem eine verblüffende Ähnlichkeit mit Johannes –

Tim stoppte seine Gedanken und rief sich zur Ordnung. Warum sollte Anna sich nicht Männer ansehen? Wenn man schon einmal auf der Seite eines solchen Portals war? Allerdings musste man sich, um zu den Personenseiten zu gelangen, beim Portal anmelden und einloggen. Aber auch das konnte man aus spielerischem Interesse tun? Die Ähnlichkeit dieses letzten Mannes mit Johannes war außerdem eine Einbildung, hervorgegangen aus den orakelhaften Warnungen seiner Mutter, dem Jetlag und seinem Gefühl, dass Anna ihm zuletzt fremd geworden war?

Aber dann fiel ihm der Liebesforscher wieder ein, der mit freundlicher Märchenstimme von unseren Masken gesprochen hatte, die eigentlich keine Masken seien, sondern unsere Gesichter, die sich veränderten, und von den Figuren, die sich verschieben, ihm wurde schwindelig: Man selbst eine Kombination aus 400 Antworten, das Ergebnis eines Matching-Algorithmus, und er kam sich auch vor wie in einem Match, dessen Regeln er nicht kannte, sodass er wild auf einem endlosen Platz hin und her eilte, Bälle fing und nicht wusste, was er mit ihnen tun sollte, sie auf Verdacht in irgendeine Richtung warf, zu irgendeiner Maske, fang doch bitte auf! Wieder beim Probetraining, immer beim Probetraining mit dem Gefühl, es wird nicht reichen für die Mannschaft –

An dieser Stelle schaltete er das Notebook aus, hörte, wie es herunterfuhr und einschnappte, ratlos in Chicago. Er ruckte aus seinen Gedanken hoch und sah nach draußen. Der Himmel war in ein milchiges Hellblau übergegangen, die Leute auf der Straße hatten ihre Jacken geöffnet, Chicago-Wetterwechsel. Gehen tut gut, hatte seine Mutter immer gesagt, gehen hilft, und jetzt passte seine leichte Kleidung auch zum Wetter, und so verließ er die Café-Verwirrung. Er ging einfach in irgendeine Richtung und gelangte durch einige Straßen zum Eingang eines Parks; die Lüfte waren jetzt geradezu handtuchweich. Dieser Park war erstaunlich groß, wie ein Lageplan zeigte: Er enthielt ein Museum, einen Zoo, einen Golfplatz und in der Mitte ein Bassin mit einer Fontäne. Auf der Wiese unterhalb des Museums übte eine Mutter mit ihrem Sohn Baseball: Der Kleine bemühte sich, mit dem viel zu großen Handschuh den Ball zu fangen, den sie ihm zuwarf – in einem langsamen Bogen, nachdem sie vorher furchterregend weit ausgeholt, den Körper verdreht und einen gewaltigen Wurf simuliert hatte.

Als er das Golf-Areal erreichte und einen der gewundenen Asphaltwege zwischen den Rasenflächen nehmen wollte, stoppte ein rundlicher Mann in einem der kleinen überdachten Wagen, in denen Golfspieler umherfahren. Er wies ihn darauf hin, dass man wegen der Golfbälle außen herum gehen müsse. Mit Gesten und Lauten erklärte er einen herumfliegenden Ball zur Pistolenkugel, die in den Körper eindringt. «MAN WITH A GOLF BALL HEART», lachte er und gab mit dem Elektroauto so abrupt Gas, dass sein Kopf zurückgeworfen wurde.

Tim umrundete diesen Bereich, der nicht besonders groß war, etwas zwischen einer Minigolf-Anlage und einem richtigen Golfplatz. Das Klacken der Abschläge hinter ihm, die Spitze der Fontäne schon zu erkennen, aber vorher musste er noch eine Prozession auf dem Hauptweg vorbeilassen. Eine kleine Gruppe, die Männer in Anzügen, die Frauen in ländlichen Kleidern wie aus dem 19. Jahrhundert. Sie trugen ein großes Holzkreuz, sangen und murmelten Gebete, die er nicht verstand. Irgendwann hatte er auch einmal an einer solchen Prozession teilgenommen und ein großes Holzkreuz durch die Stadt getragen. Es lag auf der Schulter und drückte heftig aufs Schulterblatt und in die Halsbeuge. Dieser Dauerschmerz steigerte sich, wenn man einen Kantstein herunterstieg oder über ein

Straßenstück mit Kopfsteinpflaster lief, aber die anderen Träger und er setzten nicht ab und tauschten auch nicht die Seiten, sie wollten dieses Brennen spüren, das als Knochenziehen bleiben sollte. Aber die hier trugen das Kreuz so, als ob es gar kein Gewicht hätte, und vielleicht war das gar nicht aus Vollholz?

Tim ging weiter und erreichte das Bassin mit der Fontäne. Er setzte sich auf eine Bank am Rand des Beckens und sah hoch. Das Wasser zersprühte vor den Wolken, durch die sich die Sonne kämpfte. Was wohl gerade zu Hause passierte? Die Gischt der Fontäne stand hoch in der Luft. Schwaden zogen zur Seite ab, Wasserdampf verwehte wie Dampf aus der Dusche. Er wusste ja, wie Johannes aussah, wenn er aus der Dusche kam. Mit einem Handtuch umwickelt ging er über die Holzbohlen des Flurs, seine nassen Fußspuren, und einmal war das Handtuch auch heruntergefallen. Dieses Sehnige und Knochig-Harte, das gefiel Anna, das wusste er wohl, und was sagt man über Männer mit markanten Nasen? Außerdem war Johannes ein freies Wesen geblieben, ein Waldgeist, ein Puck, der sie anzog, mit einem Fuß in einer anderen Welt. Dass Johannes umgekehrt Anna anziehend fand, stand sowieso fest, wie hatte er damals gesagt: «Die göttliche Einfachheit ihres Körpers, in dem immer ein ferner Sturm tobt», und mit Sicherheit wollte er auch ihr Seetang aus den Haaren pflücken.

Da sah er schon, wie die beiden sich entgegenkamen, Johannes mit seinem scheinheiligen Handtuch umwickelt, und Anna, die aus der Dusche trat, und wie das Handtuch herabfiel und die beiden sich auf dem Flur umarmten, «endlich, da bist du ja», und wie er in Annas Armen geborgen war und sie sich an ihn presste, um seine Härte zu spüren –, die beiden vereint, Tim schloss die Augen. Dann saß er in der Wohnung von Johannes auf einem der alten Cocktailsessel und sah, dass Anna sich über den Weltraum-Flipper gebeugt hatte, halb auf ihm lag, ihre Brüste auf die Kanonen des Raumschiffs gepresst, während Johannes von hinten zu ihr trat – und ihm, Tim, gefiel das, wie es auch Anna gefiel, denn sie blickte vom Flipper seitlich in den großen Wandspiegel, um die Aktionen von Johannes zu verfolgen, aber der Spiegel war ja in der unteren Hälfte blind angelaufen, sodass Anna seufzend die Augen schloss. Tim saß vorgebeugt auf seinem Sessel, feuerte Johannes innerlich an, während das Raumschiff immer weiter ins Weltall hinausschoss, während der unrasierte Johannes Annas Rücken zerkratzte, der schwere Flipper von den Bewegungen der beiden tatsächlich durchs Zimmer geschoben wurde, sehr gut, der stählerne Kasten, nur weiter –

Aber unaufhaltsam wurde dieses Bild immer heller, denn die Sonne hatte sich durchgekämpft und blendete Tim auf seiner Bank. Die dunkle Wohnung von Johannes löste sich auf, wurde pixelig weiß, auch wenn er sich anstrengte, um mehr zu sehen, die Fortsetzung, er musste die Augen öffnen. Die Fontäne fiel oben in Spektralfarben auseinander.

Johannes saß auf der Gartenbank und wartete auf Elias. Er hatte angeboten, auf ihn aufzupassen, sodass Anna eine Stunde joggen konnte. Elias war mit dem Nachbarsjungen zu einem Steinbruch gelaufen, der einige Hundert Meter entfernt lag. Durch ein Gatter gelangte man vom Garten in das Naturschutzgebiet, dann über eine Wiese, zwischen verwilderten, nicht mehr beschnittenen Obstbäumen hindurch, über einen Erdwall – dahinter konnte man die Jungen nicht mehr sehen. War es richtig, Elias allein laufen zu lassen? Aber der Nachbarsjunge war dabei, und in einem Steinbruch fallen nicht gleich Felsbrocken herab, wenn man ein wenig herumwühlt oder mit dem Taschenmesser an den Wänden kratzt? Andererseits: Steinschlag? Johannes stand auf und sah nach oben.

Aber da kamen die beiden schon zurück. Das heißt, sie segelten im Laufschritt mit ausgebreiteten Armen über die abfallende Wiesenlandschaft, liefen einen Slalomkurs zwischen den Apfelbäumen und erreichten das Gatter, wo der Nachbar abbog und zu seinem Haus lief. Elias kam auf Johannes zu, stoppte laut atmend und zog eine flache Steinplatte aus dem Hosenbund hervor: «VERSTEINERUNG», keuchte er.

Eine der Unebenheiten auf der Platte hatten die Jungen oben schon freigekratzt, und dort war etwas zu sehen, das einer spitz zulaufenden Muschel oder einer dänischen Eiswaffel glich. Johannes und Elias hielten die Platte zusammen unter den Garten-Wasserhahn. Das Wasser rann herab, erst braun, dann klarer werdend: eine kreisrunde, flache, aber beachtliche Schnecke und zwei Muschelgehäuse traten hervor. «Muschelkalkboden», hatte Anna einmal gesagt, als sie einen Busch pflanzte und mit der Spitzhacke heftig auf die Erde einschlug, wie Johannes wieder einfiel. «Hier war früher alles unter Wasser, unter einem großen Meer», erläuterte er. Elias sah erschrocken aus. «Aber vor sehr, sehr langer Zeit», fügte Johannes hinzu, kratzte an der Platte herum und versuchte, weitere Kenntnisse zusammenzukratzen. «Urmeer», konnte man das sagen, und wie hießen diese Erdzeitalter, irgendetwas mit «-ikum»?

«Vor wie langer Zeit?», fragte Elias. Warum vergaß man solche Dinge, und andere, die man nie und nimmermehr gebrauchen konnte, saßen lebenslänglich im Kopf herum, rekelten sich selbstzufrieden auf Liegestühlen in der sonnig-leeren Gehirnlandschaft? «Ewig», sagte er. Elias schien zufrieden zu sein, wandte sich jedenfalls wieder der Steinplatte zu. Ob die schwarze, hochgewölbte Linie im Stein ein Wurm sein könnte oder eine kleine Schlange? «Klar», sagte Johannes und murmelte noch «Knochenfische», weil ihm das Wort gerade einfiel, und Elias rief zu den Nachbarn hinüber: «Früher war hier alles Meer.» Dann zu Johannes: «Wie in dem Buch von dem kleinen Wassermann, das du mir gestern zum Einschlafen vorgelesen hast.» «Ja», sagte Johannes, «wir würden unter Wasser wohnen. An den Füßen wachsen Algen, hinter uns an der Hauswand hängen Muscheln, und da vorne, da schwimmt gerade ein freundlicher Fisch vorbei. Von oben schimmert die Sonne durch, aber keiner kann uns sehen, hier auf dem hellen Sandgrund hinterm Haus in unserem Versteck.» Aber Elias hörte gar nicht mehr zu, sondern war schon aufgesprungen, weil der Nachbarssohn oben vom Gatter winkte, um neue Steine zu holen.

Johannes schloss die Augen und hörte Wasserrauschen auf dem Meeresgrund. Alles, was er nicht geschafft hatte, alles Verpasste war oben an Land geblieben, und hier unten alles so hell und gütig zu ihm, und vielleicht würde eine Wasserfrau zu ihm gleiten, ihn abholen, Hand in Hand mit ihm fortschwimmen zu ihrem Höhlengemach. Aber das war ja ein echtes Rauschen! Er öffnete die Augen: Oben war das Badezimmerfenster geöffnet worden, und man hörte die Dusche plätschern. Anna musste vom Laufen zurückgekommen und vorn hineingegangen sein. Er hörte es rinnen und glucksen, und dann hörte er auch noch Gesang aus dem Badezimmerfenster durch das Rauschen hindurch, besser als jeder Traum, hinterm Vorhang des Rauschens sang die lebenskräftige Anna beim Duschen: «And so Sally can wait, She knows it's too late as we're walking on by, Her soul slides away, But don't look back in anger, I heard you say.»

Aber Sally muss doch gar nicht warten! Elias war schon wieder außer Sichtweite. Johannes stand auf und sah hoch zu den Bäumen, hinter denen die Jungen verschwunden waren. Das konnte dauern. Und hinter und über ihm sang eine Nixe, an der das heiße Wasser herablief, eine, wie er ja wusste, vom Schöpfer besonders liebevoll modellierte Nixe, die vom Laufen sicher inspiriert zurückgekehrt war, mit dieser leichten Wangenrötung, die ihr so besonders gut stand, die ihn so besonders entzückte, er sah sie genau, Duschvorhang zur Seite, tropfende Haare auf der Schulter, lächelte sie ihn an, «da bist du ja endlich» –

«WO IST ELIAS?!», sagte plötzlich eine herbe Stimme direkt neben ihm, geradezu in sein Ohr, und er riss erschrocken die Augen auf: Tims Mutter. Stimmt, sie hatte erklärt, Zutaten für einen Kartoffelsalat für die Geburtstagsparty morgen einkaufen zu wollen, und war offenbar schon zurückgekehrt, so schnell. «Der ist zum Steinbruch gelaufen», erklärte Johannes, «mit dem Nachbarssohn zusammen.» «AHA», sagte sie und sah ebenfalls in die Ferne, «er wird hoffentlich wiederkommen. Du kannst mir beim Kartoffelsalat helfen. Wenn wir den heute schon vorbereiten, zieht er bis morgen gut durch.» Sie blickte ihn an, als ob sie noch etwas Grundsätzliches sagen wollte, vielleicht zu seinem Verhältnis zur Arbeit, und sie fixierte sein unrasiertes Kinn so, dass Johannes in der Denkblase über ihrem Kopf lesen konnte: «Warum rasiert sich dieser Schlot nicht? Wie alt ist der eigentlich?» – und er stand auf, innerlich immer noch stark atmend, ab zum Gurkenschneiden.

Tim verließ seine Bank in Chicago. Er hatte immer noch einige Stunden bis zum Abflug, aber zur Sicherheit ging er schon ins Hotel zurück, holte sein Gepäck und fuhr zum Flughafen. In der Wartehalle suchte er sich einen abgelegenen Platz und räumte endlich sein Portemonnaie auf. In einem Reißverschlussfach steckte sein Führerschein. Bei einem Autoverleih hatten sie ihm einmal keinen Wagen geben wollen, weil sie bezweifelten, dass er der sei auf dem Bild: ein total bleiches Gesicht, dessen Wirkung von der schwarzen, viel zu großen und mit Schulterpolstern versehenen Jacke noch verstärkt wurde. Die Haare standen skurril hoch. Er hatte damals ein Spezialgel verwendet, das seiner platten Frisur aufhelfen sollte, eine unglaublich klebrige Masse – «wie ein New-Wave-Sänger der Achtziger, der seinen Abstieg in die Bedeutungslosigkeit der Neunziger nicht verkraftet hat», hatte Anna gesagt, als sie das Foto zum ersten Mal gesehen hatte, aber trotzdem wollte er diesen graulappigen großen Führerschein nicht gegen einen neuen, kleinen, rosafarbenen umtauschen, wie Anna ihn hatte, oder gegen eine winzige Plastikkarte, wie es sie inzwischen auch schon gab.

Er sah hoch. Auf den Bildschirmen im Flughafen lief ein Werbefilm für Chicago. Die Silhouette der Stadt. Tim hatte mit seinen Kollegen an einer Bootsfahrt auf dem See teilgenommen, um von dort die Skyline zu betrachten. Der Bootsführer hatte ihnen die einzelnen Gebäude, ihre Bauzeit und ihren Stil erläutert: von der strengen Art déco-

Eleganz des frühen 20. bis zu den postmodern-verwehten Glaskleidern des frühen 21. Jahrhunderts. Jeder neue Turm hatte sich dazugestellt, sagte er, während das Boot schwankte, die Wellen dagegenplatschten, diese Türme seien wie starke Individuen, doch keiner wolle den anderen verdrängen. Tim musste an Johannes und dessen gescheiterte Architekturartikel denken und dann an sein Verhältnis zu Johannes, das ihm so schwankend vorkam wie dieses Boot, das sich, obwohl gar keine großartigen Wellen zu sehen waren, zu beiden Seiten neigte. «Ich muss ihm helfen, ich muss ihn zu uns ziehen, er versinkt in seiner Traumwelt, er verschwindet ganz. Er ist meine unrasierte Hälfte, die bei mir bleiben muss, so wie ich bei ihm», dachte er, aber auf der anderen Seite stand groß und drohend die Versuchung Annas durch Johannes. Allerdings würde Johannes, wenn es gelänge, ihn in die harte Realität zu ziehen, auch seine Anziehung auf Anna einbüßen und ihr nicht mehr halb nackt im dampfenden Flur begegnen, sodass man tatsächlich in diese Richtung arbeiten sollte? Das klang logisch, aber wer würde dann noch den Fuß in der Tür zur anderen Welt behalten, mit wem würde er nachts zur großen Düne wandern? Dieser schmale Johannes-Streifen durch die Welt durfte nicht verloren gehen.

Die Verhältnisse waren verwickelt, und nun wurde sein Flug aufgerufen, gleichzeitig erschien auf dem Bildschirm die aktuelle Wettervorhersage, die für den Atlantik gar nicht gut aussah: Ein kräftiger Sturm war dort in

SCHNELL DREHENDEN KREISEN angezeigt. Noch schlechter als gestern Abend, als er im Hotel schon mehrere Alben von Bob Dylan auf seinem Notebook gespeichert hatte, um sich während des Flugs ablenken zu können. Er hatte Flug- und Fallangst, die er auf dem Hinflug gut unterdrücken konnte, der verlief so ruhig wie auf einem Teppich, und Tim musste gar nicht daran denken, dass zehntausend Meter Leere unter ihnen lagen. Nun also Bob Dylan, den er früher verpasst hatte, denn den hörten die Älteren, aber jetzt redeten alle davon, dass die Texte SO BEDEUTEND seien, und er würde sich beim Hören also bilden und gleichzeitig den Flug nicht bemerken, also zwei Fliegen mit einer Klappe schlagen. Noch eine Handpizza Frutti di Mare an einem Stand und dann los.

Eine halbe Stunde nach dem Start gerieten sie prompt in ein Gewitter. Tim schielte hinaus ins Krachen und Leuchten. Der eben noch taghelle Himmel war schwarz, sah aus wie eine Schlacht, rote Zacken teilten ihn, und noch weiter hinten schien er gelb zu explodieren. Er versuchte, sich alle Schlachtgemälde, die er aus dem Studium kannte, vor Augen zu führen, aber ihm fiel nur die ALEXANDERSCHLACHT von Altdorfer ein und ein Foto des zerschossenen deutschen Schlachtschiffs Bismarck kurz vor dem Untergang im Atlantik, über den sie gerade flogen. Das half gar nicht.

Also fuhr er das Notebook hoch und stöpselte wie geplant die Kopfhörer ein und begann mit Dylans Song

«Shelter from the storm», weil das meteorologisch passte. Um sich abzulenken, nahm er sich vor, die Texte genau zu hören und zu übersetzen, was auch seinem Englisch guttun würde, das verbesserungswürdig war, wie er auf der Konferenz wiederholt bemerkt hatte.

«Come in, she said, I'll give you shelter from the storm.»

In diesem Song kamen allerdings sehr seltsame Dinge vor. Ging es tatsächlich um neugeborene Babys, die wie eine trauernde Taube schreien? Hatte er das richtig verstanden? Er fuhr zu der Stelle zurück und hörte sie noch einmal, während das Flugzeug wie ein Presslufthammer zu rütteln begann. Was hatte das zu bedeuten?

«Stranded without love.»

Die Stewardess stellte ihm eine kleine Dose Cola hin.

«Do I understand your question, man, is it hopeless and forlorn?»

Er nickte ihr dankbar zu.

«Come in, she said, I give you shelter from the storm.»

Die Stewardess ging nicht weiter, sondern zeigte auf seinen Bauch. Er sollte sich anschnallen, wegen der Turbulenzen, und in diesem Moment sackte das verdammte Flugzeug mehrere Hundert Meter nach unten, sodass selbst die Stewardess sich anstrengen musste, weiterzulächeln, das sah Tim genau. Er ließ die Armlehne wieder los. Wäre er bloß der Mann mit dem Golfballherzen, der nichts fühlen konnte.

«They gambled for my clothes.»

Er erinnerte sich an Bilderzyklen der Kreuzigung aus dem zweiten Semester, auf denen die Soldaten um die Kleider von Jesus spielten. Aber Bob Dylan war nicht Jesus. Oder doch? Durchsage des Kapitäns, Tim nahm die Kopfhörer ab, dass sie ein größeres Feld von Turbulenzen durchflögen. Dem spöttischen Geraune rundherum, dass man das auch schon gemerkt habe, schloss er sich an.

Nur seine Sitznachbarin blieb ganz ruhig, sie schlief selig. Er hatte versucht, sie einer Nation zuzuordnen. Vielleicht war sie eine Kirgisin? War es normal, dass das Flugzeug eine so dermaßen scharfe Linkskurve flog, und durfte er der Kirgisin vielleicht die Hand auf den glatten Unterarm legen? Stimmte es, dass sich dunkelhaarig-südliche Frauen praktisch täglich enthaaren mussten? Er hatte immer nur helle und mittelhelle Frauen gekannt.

Akku-Hinweis: Noch zehn Prozent, schließen Sie das Gerät an eine externe Stromquelle an. Er munterte sich auf und dachte an seine künftige, seine saftige Gehaltserhöhung, und dass man dafür einiges auf sich nehmen müsse, zum Beispiel solche verdammten Dienstreisen, auf denen einem das Herz in die Hose rutschte, so wie jetzt akut wieder. Aber neulich, als er vom Baum gefallen war, hatte es schließlich auch ein gutes Ende genommen.

«Pounced with fire on flaming roads, using ideas as my maps.»

Das Flugzeug benahm sich wie ein altes Auto auf einer Straße mit Schlaglöchern. «Heiliges Strohsäckle», wie die schwäbische Kindergärtnerin von Elias zu sagen pflegte. Wäre bloß Elias bei ihm, mit dem er sich ablenken könnte. Seine Nachbarin pfiff nun im Schlaf, draußen pfiff der Wind, und unten zog das Heer des Pharao durch die Wüste, wie Dylan sang. Die Stewardess reichte ihm ein Plastikglas mit Rotwein, den er seines Wissens nicht bestellt hatte, und nickte ihm aufmunternd zu. Dann schaltete sich das Notebook aus, und Tim war sich selbst überlassen.

Später, als sie wieder ruhig flogen, trank er noch Bier, zuerst ein Beck's, und als das deutsche Bier verbraucht war, nahm er auch ein amerikanisches, das die Stewardess unter einem Sitz hervorkramte, Notvorräte für schwierige Fluggäste beziehungsweise Hysteriker wie ihn. Aber er konnte trotzdem nicht einschlafen. Alles um ihn herum in Dunkelheit und Stille. Er beugte sich in den Gang vor und äugte nach seinen Kollegen. Soweit er sie sehen konnte, saßen sie mit halb geöffneten Mündern da, tief versunken.

Nur er war wach und starrte die Notleuchten an. Diese Situation ärgerte ihn so sehr, dass an Schlaf gar nicht mehr zu denken war. Er zählte wütend Schafe, ließ sie gegen hohe, dann gegen halbhohe und dann gegen niedrige Holzzäune knallen, und als das nichts nützte, sang er leise Bob-Dylan-Songs vor sich hin, bis die Kirgisin erwachte, ihn verschlafen anstrahlte und sofort wieder zurücksank. Wo waren sie? Lag dort unten nicht schon England? Er beugte sich über die Kirgisin. Ja, dort vorne lag London, leuchtete

London, und das hieß, dass sie bald da waren und dass er die dringend notwendige Regenerationszeit nicht zum Schlafen genutzt hatte und morgen beziehungsweise heute auf der Party todmüde sein würde: Schlafmangel und Schlafmangel-Angst.

London als großer Lichtfleck, kaum Konturen darin zu erkennen, schon gar keine Einzelheiten. Und doch wimmelte in diesem Lichtfleck auch in der Nacht das Leben, waren unter dem Lichtschirm unzählige Menschen in den Straßen unterwegs, und auch er war als Einzelner einmal dort gewesen, für einen Moment in diesem Wimmelbild, wann war das? Er starrte nach unten und versuchte, etwas zu erkennen. Damals, als er Anna noch nicht hatte und am Studienende planlos herumtrudelte, war er von seiner Familie nach London geschickt worden, um seine Cousine zu besuchen, bei der er erfahren sollte, wie erfüllend ein Familienleben sein könnte.

Dort, nördlich dieses Themsebogens, stand ihr Haus, eine hohe Jugendstilvilla, denn Bettina hatte sehr reich geheiratet. Ihre leicht rötlichen Locken, Haut wie Porzellan, ihre Tochter an der Hand, die exakt so aussah wie sie als Kind: So standen die beiden in der Tür. Beide trugen dünne Wollpullover und schlabbernd-weite Seidenhosen mit orientalischen Mustern. Ihr immer etwas schläfriger Blick, den Tim sehr mochte. Aber schon kam ihr vitaler Mann nach Hause, schob sein blaues Rennrad in den Flur, an dessen Lenker eine weiße Plastiktüte hing, durch die zwei rote Fleischkugeln oder eher Fleischbälle, groß wie Handbälle, schimmerten. «Hi, Tim, Rind und Antilope. Hast du Lust auf Antilope?» «Hi, Henry. Ja, natürlich, Antilope.»

Vorm Essen spielten sie auf der Straße vor dem Haus Hockey mit richtigen Eishockeyschlägern und einem Tennisball. Henry koordinierte ihr Team, in dem auch der Nachbar mitspielte. Der war früher Sänger der Band «Spandau Ballet» gewesen, die kurze Zeit berühmt und dann völlig verschwunden war. «Wie das sein muss, fünf Minuten Ruhm, von denen man für immer zehren muss», dachte Tim, während er mit dem Schläger im Kopfsteinpflaster herumstocherte, aber dieser Schläger war viel zu lang und unhandlich, blieb entweder an den Steinrändern hängen oder knallte, wenn man ihn loshatte, gegen ein Gegner-Schienbein. Und wenn man schon einmal in Richtung Tor vorankam, ertönte ein hoher, warnender Ruf, «CAR, CAR, CAR», wie Krähengeschrei: Sie mussten sich auf den Fußweg zurückziehen. Immerhin erreichten sie ein Unentschieden, und Henry schien zufrieden mit ihm zu sein.

Nach dem Duschen in einem der vielen Bäder mit hellgrünen Kachelwänden, die mit herabhängenden Früchten und Blumenkelchen verziert waren, deckte Tim im getäfelten Esszimmer, mit einem uralten schwarzen Ofen versehen, den Tisch für alle. Während des Essens gab es Probleme, weil die Tochter ihr Fleisch nicht zu Ende essen wollte, weil es blutig war, weil Blut von der Gabel tropfte, wie sie anklagend vorführte. Tim musste ihr im Stillen recht geben, denn besonders die Antilope war naturnah zubereitet, man könnte auch sagen: wie frisch in der Savanne gerissen. Als Henry die knappe Anweisung «Eat up!» gab, reagierte seine Tochter mit einem langen Schrei, der sich in dem hohen Raum bis zur Decke hinaufdrehte und wellte, genau wie auf Munchs Bild «Der Schrei», dachte Tim bewundernd und innerlich applaudierend.

Auch die Eltern hatten Differenzen, in denen es um die vielen Urlaubsflüge der Familie und um Ökobilanzen ging. Tim verstand nicht alles, denn sie führten ihr Streitgespräch in hohem Tempo auf Englisch, und sie mussten das schon öfter getan haben, denn es wirkte wie ein Tischtennisspiel, bei dem die Bälle scharf und flach übers Netz flogen. Beide kauten, sahen zufrieden auf ihre Teller, nahmen einen Schluck Wein und feuerten Fachausdrücke über den Tisch, Topspin, pariert. Schließlich erklärte Bettina, dass sie ohnehin nicht nach New York fliegen werde, um dort den ganzen Tag mit den Kindern ENTENFÜTTERND IM CENTRAL PARK zu verbringen. Außerdem stecke ihr die Szene aus dem Hyde Park noch in den Knochen; ihr Sohn hatte dort vor Kurzem mit einer Zwille und einem Stein eine Ente erschossen, und sie hatte ihn nur mühsam aus der sich schnell bildenden und sie scharf kritisierenden Menschenmenge herauslotsen können.

Am Ende des Essens stand seine schöne Cousine auf,

ging die Treppe hinunter und kam mit fünf Brombeereiswaffeln zurück. Alle leckten zufrieden ihr Eis, lächelten sich an, die Sonne schien gegen die alten Fenster und wärmte den hohen Raum. «Wir machen jetzt unsere Mittagspause», sagte sie und blickte verschleiert zu ihrem Mann hinüber, während sie zu Tim sagte: «Willst du in die National Gallery? Es sind nur zwanzig Minuten zu Fuß, und der Eintritt ist frei.»

Auf dem Weg dorthin hatte er ganz fest gedacht, dass er niemals eine Familie haben würde: Die Familienrituale, vom gegenseitigen Beschuss bis zu den Brombeereiswaffeln, erschienen ihm undurchdringlich kompliziert, und wie sollte er, der selbst noch nicht aus dem Gröbsten heraus war und vielleicht auch nie herauskommen würde, andere ins Leben führen, von den ganz praktischen Fragen nach dem notwendigen Geld und der Frau einmal abgesehen – in solchen Gedanken hatte er sich über die überfüllten Londoner Fußwege gedrängelt und war in die National Gallery gelangt, wo er lange vor der «Felsgrottenmadonna» von Leonardo da Vinci stand. Er dachte, dass er auch lieber in dieser Höhle vor dem Meer und den blauen Felsen oben und unten sitzen würde, zusammen mit Maria, Jesus, Johannes und dem Engel, die schon wissen, dass sie verlieren werden, aber sich noch einmal treffen, im Abseits, nah beieinander, bevor der Sturm losbricht. Die blauen Felsen sahen gleichzeitig wirklich und wie geträumt aus. Könnte er nicht in so einer Welt bleiben, wo alles genau richtig für ihn war, die Konturen nicht hart, sogar die Felsen einladend, kein Durchsetzen, kein Schulter-Check, ich, ich, ich. Henry, der Vitale, war ein Familienvater, er, Tim, würde seinen Weg alleine gehen.

Aber einige Jahre später hatte Anna, als sie von der Arbeit nach Hause kam, ihre Tasche im Flur abgestellt und ihn gefragt, ob sie ein Kind bekommen sollten? Da er einen Frosch im Hals hatte und nichts sagen konnte, hatte er einfach nur genickt. So geschah es: Mit einer Frage im Flur und einer halben Antwort wurde man auf eine neue Bahn katapultiert. Aber das hatte er schon damals in ihrem Zelturlaub geahnt, dass alles so passieren würde wie ein Rascheln im hellgrünen Zelteingang, wenn der Wind flattert, oder wie ein Feuer am Abend vor dem Zelt, wenn das lodernd glühende Holz in Stücke bricht und sich auflöst, once in a lifetime. Und jetzt, auf welcher Bahn befanden sie sich jetzt, und wenn früher die Dinge eher geschehen waren, als dass sie sie BESCHLOSSEN hätten, wer sagte ihnen, dass ihr jetziger Wille stark genug wäre, um die Familie auf Kurs zu halten? Da kündigte der Kapitän den Beginn des Landeanflugs auf Frankfurt an. «Das eigene Haus soll aussehen, als hätten verschiedene Leute daran gebaut.» Wo hatte er das gehört? Und wenn er nicht angeschnallt wäre, hätte er das jetzt gleich notiert, er sollte seine Datei mit den Fragmenten tatsächlich weiterführen, warum hatte er damit aufgehört?, Fehler. Der Boden rumpelte unter dem Flugzeug – wieder überlebt.

Dann saß Tim im ICE und saugte betäubt vor Müdigkeit an einem Cappuccino-Becher herum. Auf der anderen Gangseite saß eine Mutter mit zwei Kindern, vielleicht drei und fünf Jahre alt. «Mama, wie lange lebt man? Wird man 100?» «Nur ganz selten.» «150?» «Nein, 150 wird keiner.» Kurze Pause. «Aber Michael Jackson, der ist doch über 100 geworden.» Die Mutter stutzte kurz: «Michael Jackson ist doch eher jung gestorben.» «Ich meine auch nicht Michael Jackson, ich meine Johannes Heesters.» «Woher kennst du denn Johannes Heesters?» «Von dem hat mir Papi erzählt.» «Interessant, was euer Vater so mit euch bespricht.» Der ICE fuhr in eine Nebelbank, die sich ausdehnte, was für ein Wetter in Deutschland mitten im Sommer, immer tiefer und weiter die Schwaden, nichts zu erkennen.

Anna rüttelte ihn. «Es ist später Nachmittag. Johannes, deine Mutter, Elias und ich haben alles für die Party vorbereitet, jetzt solltest DU aufstehen.» Er saß sofort auf der Bettkante, stand sofort auf, ging zum Kleiderschrank und wäre beinahe wieder in die Knie gesunken, so müde und kreislaufverwirrt war er.

Sie haben eine Wiese auf den Hügeln oberhalb der Stadt gemietet. Dort gibt es eine Feuerstelle und eine Box mit Holz, die man dazubekommt. Im Halbkreis um die Wiese herum stehen alte knorrige Obstbäume. Annas 37. Geburtstag. Auf der einen Seite des Himmels noch die dunkelrote Sonne, auf der anderen schon der feine weiße Vollmond. Weiter Blick ins Land. Um den Schleier vor den Augen zu beseitigen, trinkt Tim einleitend ein eiskaltes Weizenbier. Das wirkt gut, er sieht wieder klarer, Umschau halten.

Da vorne Johannes neben der tunesischen Freundin von Jörg, der wegen eines Infekts zu Hause geblieben ist. Im Vorbeigehen hört Tim, wie er ihr die Begriffe «Naturschönheit» und «Kulturschönheit» erklärt, und zwar am Beispiel der Etsch, die aus den Alpen hinabströmt, in einer weit gezogenen Kurve Verona erreicht, wo die herrlichen Bögen der Scaligerbrücke das weiß schäumende Wasser überspannen – und wenn er von der «Kurve» und den «Bögen» spricht, starrt er sie selig und glasig an. Sie blickt freundlich-interessiert zurück, du bist nett, du bist chancenlos.

Hugo, das ist Prosecco, dazu kommen Holundersirup, den Anna, denn es gibt einige Holunderbüsche oben bei ihnen vor dem Steinbruch, wo man ungestört pflücken kann, selbst hergestellt hat, ein Eiswürfel und ein Minze-Blatt. Frauengetränk, dachte Tim immer, aber Vorurteile muss man überwinden, und es schmeckt ausgezeichnet, also noch einen Hugo, auch zum Warmwerden, gleich wird Fußball gespielt.

Sie spielen, ein paar Väter, zwei Mütter, viele Kinder. Wer in welcher Mannschaft spielt, weiß keiner ganz genau, oder Tim durchschaut es nicht. Die Wiese ist ungemäht, sodass sie den Ball durch das hohe Gras treiben müssen. Immer wieder hängt er fest. Nicht Ball flach halten, Ball hoch halten ist hier die Devise. Da landet er im Obstbaum. Einer klettert hinauf, wirft ihn hinunter, Tim erwischt ihn mit schöner Direktabnahme, und sie starten einen Überraschungsangriff. Aber kurz vor dem Tor stolpern sie wegen des langmähnigen Grases und liegen übereinander. Tim zitiert aus «Conni spielt Fußball»: «In der Pause gab Malzi allen einen Orangensaft und meinte, die anderen sähen schon ganz müde aus.»

Der Hugo geht rasant zur Neige, und für ihn gibt es noch ein letztes Glas, wie Anna ihm mitteilt. Er weiß: Man soll nicht sein eigener bester Gast sein. Außerdem muss er jetzt grillen. Über einem Holzfeuer und auf einem hin und her schwenkenden Riesenrost ist das nicht ganz einfach. Die ersten Würste sind außen schwarz und schmecken innen, nach Aussage von Elias, der Bericht erstattet, wie kalte Schokoküsse. Ein Gast nimmt ihm die Grillzange aus der Hand, Kindergartenvater, Bekannter von Anna, leitet ein Unternehmen, «Bio-Science» oder so ähnlich, Angeber. Tim sieht ihm beim gekonnten Drehen und Wenden der Würste zu. Dabei unterhält er sich, trinkt Bier und zwinkert Anna zu. Mit seinem aufgekrempelten Hemd, den lächerlichen Stiefeln und diesem kernigen Gesicht sieht er aus wie ein amerikanischer Präsidentschaftsbewerber, der in den ersten Vorwahlen ausscheiden wird: «Wenn North Carolina gewählt hat, wirst du das Handtuch werfen, und keiner wird sich je an dich erinnern.» Aber das sagt er jetzt nicht, würde der auch ohnehin nicht begreifen, lieber ein Beruhigungsweizen.

In der Senke hängt eine nächtliche Nebelschleppe. Johannes und Tim treffen sich am Waldrand, Tim geht hinein, Johannes kommt heraus. Er ist nicht mehr ganz klar im Kopf, denkt Tim, denn Johannes erzählt etwas von einem Bock, den er umpflocken wird, «und dann wird endgültig keiner über mich lachen», und dabei lacht er selbst triumphierend, aber auch etwas grässlich. Tim antwortet, dass sie gleich zusammen etwas trinken müssen, und umarmt ihn. Er ist so knochig wie eh und je, und Tim presst ihn an sich, so, wie Anna ihn neulich auf dem Flur, wo man die nassen Fußstapfen sah, an sich gepresst hat, gestern, nein, vorgestern muss das gewesen sein, denn die Zeit ist ja umgestellt, denkt er und weiter: «Ich muss ihn ganz und gar im Sand vergraben. Halt, nein, ich habe doch beschlossen, dass er bei uns bleiben muss, also nicht vergraben», nur warum, das hat er vergessen, ist wie Nebel im Wald.

Die Gespräche am Feuer hören sich wie Rap an, nur noch irgendwelche Worte und Silben, die rhythmisch-lustvoll wiederholt werden, ohne Sinn und Verstand. Da steht Claudia, Annas Cousine, mit ihrer fantastisch-hellen Mähne im Nachtlicht wie eine Flagge, gegen die Dunkelheit gehisst. «Bin ich ein Haarfetischist? Cousinen sind etwas Schönes. Aber Claudia ist so schmal, dass ich mich nicht an sie lehnen kann. Glücklicherweise habe ich mir vorhin, als das Weizenbier zur Neige ging, eine Flasche unter einer Bank versteckt», denkt Tim, er kann doch noch denken.

Heiliges Strohsäckle. Oben auf dem Hügel beginnen sie zu tanzen. Die sind alle dorthin gelaufen. Er steht unten in der Senke und sieht hinauf. Der Vollmond bescheint die Gruppe von Silhouetten, die Schatten werfen dreimal so lang wie sie selbst. Die Musik kennt er nicht, aber eine Flöte ist aus den Bässen herauszuhören. Da ist Johannes: Er hat sein Hemd ausgezogen, und darunter trägt er ein T-Shirt, auf das ein Knochen-Brustkorb gemalt ist, sieht täuschend echt aus. Das hatte er schon früher, zog er manchmal als Party-Gag unter. Es ist also der alte Johannes, aber es ist auch das uralte tanzende Skelett, das den Knochenfinger in die Höhe streckt. Das tanzt mit Anna beziehungsweise dem Ritterfräulein im silbernen Glitzerkleid: «ICH FOLGE, WEIL ICH MUSS, UND TANZE, WIE ICH KANN.» Dann umarmen sie sich dort oben, und jetzt sind sie geschminkte Gespenster mit vielen Augen wie auf dem Titelbild der «Unerträglichen Leichtigkeit des Seins». So war das also gemeint, es klärt sich auf, und Tim sieht alles ganz scharf gestellt, weil über ihnen der volle Mond steht, schrundig, fieses Orange, ein böser Kürbis, der herunterschielt.

Aber Tim ist nicht machtlos, sondern steigt langsam den Hügel zu den beiden hinauf, und sie legen sich die Arme auf die Schultern und tanzen im Dreieck. In einer Musikpause atmen sie erschöpft durch. «Ja, wir sind ein Dreieck, dessen Eckpunkte sich zusammengezogen haben und nun einen Punkt ergeben, das hat der Liebesprofessor vom Dating-Portal auch gesagt, dass Menschen Figuren sind, und wenn sie sich begegnen, entstehen neue Figuren, geometrisch und logisch. Wenn die Musik aufhört, müssen wir uns lösen und auseinandergehen, aber jetzt noch nicht», und er blickt stolz zum Kürbis-Mond hoch, der das Gesicht zu einem schiefen Lächeln verzieht wie eine Laterne, die man früher singend herumtrug.

Was denn gestern Nacht noch alles passiert sei?, fragte Tim am nächsten Vormittag, auf den Küchentisch gestützt. Er fühle sich wie ein zerschlagener Boxer, Ganzkörperschmerzen, und nur in einer kleinen Ecke seines Gehirns könne er überhaupt schon wieder Gedanken sammeln. Anna, über eine Cappuccino-Schale wie über eine Inhalierwanne gebeugt, erklärte, dass sie sich auch nicht an alles erinnern könne, aber zwischendurch sei er, Tim, mit einem Holzfällerhelm, den er angeblich im Wald gefunden habe, über die Wiese gelaufen. Orangefarbener Helm mit schwarzem Drahtvisier. Er sei damit wie ein

Ritter ohne Lanze durch die Gegend geeilt, woraufhin Johannes ihm einen Holzpflock gereicht habe. Aber am Ende war alles wieder friedlich und sehr schön und wohlig, sie schnurrte und schlürfte aus ihrem Becher und beugte sich wieder vor. Tims Mutter, die am Abwaschbecken stand und Kartoffelsalatreste zusammenstrich, sagte: «Dieser Johannes. Ts, ts, ts.»

«Dieser Johannes, meinst du wirklich?», fragte Tims Bekannter. Sie trafen sich einmal in der Woche mit ein paar Leuten, um Fußball zu spielen, hatten eine Hallen-Zeit gemietet, und beim Aufwärmen hatte der alte Freund, der Schulleiter war, erzählt, dass es gleich am Anfang des Schuljahrs ein Problem gebe: Das Kunstlehrerehepaar war in den Ferien beim Wellenreiten vor Frankreich zusammengestoßen, jetzt lagen beide im Krankenhaus, und der Markt für Kunstlehrer sei total leer gefegt. Er würde nun wirklich jeden einstellen, weil ihm die unzufriedenen Eltern aufs Dach stiegen. Während des Spiels überlegte Tim, «wirklich jeden», hatte er gesagt, und beim Umziehen danach schlug er ihm kurzerhand Johannes vor, den der Freund von einigen Treffen oder Zelttouren auch noch vage kannte, und nach weiterem Hin und Her seufzte er schließlich: «Wenn du meinst, wir können es versuchen.» Johannes solle so schnell wie möglich zu einer Besprechung und einem Probetag vorbeikommen, «dann sehen wir weiter».

Als Tim anrief, murmelte Johannes zwar herum, er müsse sich das bis morgen in Ruhe überlegen, aber im Hinterkopf hatte er schon beschlossen, dass er zusagen würde. Das hatte zwei Gründe. Erstens stand er am Bügelbrett, wo er versuchte, die Falten seines Hemdes zu glätten, wo er stattdessen aber nur neue Falten, ja geradezu Kanten, und Ärger über sich selbst produzierte. «Und das geht jetzt so weiter», dachte er, «bis ich selber wie ein zerknittertes Hemd aussehe. Ich werde ein Sonderling, ein Typ, der nur noch in seinem eigenen Kopf stattfindet. Ich werde ein ARTHOUSE-SOFTIE, DER E-MAILS MIT TIEFSINN GARNIERT.» Diese letzte Formulierung hatte er in einem Kunstmagazin gelesen und dabei sofort schuldbewusst an sich selbst gedacht. Gerade als er aus dem Bad zurückkam und Wasser, das er in der hohlen Hand hielt, aufs Hemd spritzte, rief Tim an.

Der zweite Grund war, dass Johannes am Morgen mit seiner alten Tante telefoniert hatte, die in Wien lebte, «ich gehöre hier nicht mehr hin», hatte sie gesagt, das habe sie beim Fronleichnamszug wieder gemerkt, der dieses Jahr so kümmerlich und früher doch so prächtig gewesen sei, wenn sie mit den Kindern daran teilnahmen, weit vorn der Baldachin leicht bewegt beim Tragen, kornblumenblaue Kleider, Weihrauch und die Lieder, alles verweht – ihr Bezirk sei jetzt eben türkisch, die Obsthändler Türken, das Obst schmecke viel besser als früher, alles in Ordnung, «nur ich gehöre hier eben nicht mehr hin». Sie wartet auf den Tod, dachte Johannes mit Schaudern, sie verlässt das Leben wieder, und ich bin noch nicht einmal angekommen.

Die Wohnung mit dem immer stillen Weltraumflipper, dieses abgetrennte Provisorium, in dem es riecht wie im Inneren einer Pyramide, ich muss hier raus. Ich bin zu alt dafür, es passt nicht mehr, ich lebe nur in Gedanken. Manche Kinder denken sich Menschen aus, die es in Wirklichkeit nicht gibt, aber mit denen sie das Leben teilen. Als Kind hatte Johannes ein Mädchen gekannt, ein Einzelkind, das aber behauptete, eine Schwester zu haben, und diese Schwester hieß «INHALTE». Sie war darauf gekommen, weil in einem Schulbuch über dem Inhaltsverzeichnis druckfehlerhaft «Inhalte» stand. «Nachher holt Inhalte mich ab», sagte sie in der Schule und wartete auf dem Hof, bis Inhalte kam, und sie redete mit ihr, als ob sie neben ihr ging, und so steht es auch mit mir, dachte Johannes, auch ich brauche Inhalte, warte auf Inhalte und denke mir Inhalte aus, und Anna ist die glücklich verheiratete Frau meines einzigen Freundes.

Genau in diesem Gefühlsknäuel erwischte ihn Tim. Johannes rief deshalb auch nicht erst am nächsten Morgen, sondern eine Stunde später zurück, und nach einigen weiteren Telefonaten mit dem Schulleiter wurde vereinbart, dass Johannes am Freitag zu einem Gespräch in die Schule kommen sollte. Das anschließende Wochenende würde er bei Tim und Anna verbringen, um dann am Montag auf Probe zu unterrichten. Da Doris an diesem Wochenende auch zu Besuch sein würde, könnte Johannes bei Elias im Zimmer schlafen, und am Sonntag könnten sie alle zusammen einen Ausflug machen.

Doris stand am Bahnhof. Der Zug hatte Verspätung, und sie fröstelte, obwohl es eigentlich nicht kalt war. Sie hatte an einem Familientreffen teilgenommen, und auf dem Rückweg hatte ihre Schwester sie hier am Bahnhof abgesetzt. Während des Treffens hatte sie auch schon gefroren. Vielleicht lag es an den vielen Zugvögeln über dem weiten, flachen Land. Schon auf dem Hinweg, als sie hinten im Auto ihrer Schwester saß, zwischen ihrer Nichte, die seit der letzten Begegnung stark gewachsen war, sich irritierend in die Länge gezogen hatte, und dem noch beruhigend kleinen Jonas, hatten sie Zugvögelschwärme beobachtet. Jonas hatte gefragt, warum die Schwärme in verschiedene Richtungen flögen, und sie hatte ihm erklärt, dass sie nicht den direkten Weg nach Süden nähmen, sondern sich jeweils an Punkten in der Landschaft orientierten; sie hatte es leise gesagt, weil sie sich nicht sicher war, aber ihre Schwester hörte es trotzdem, und Doris wusste, dass sie «Klugscheißerin» dachte, während das Auto über Sandpisten hinter kaputten Scheunen schaukelte und ihr Schwager das Navigationsgerät neu programmierte. Viel zu spät kamen sie im Familienhotel an.

Am nächsten Morgen lief sie wie eine schnurrende Katze durch ihr Einzelzimmer: «Ich will Zärtlichkeit, oder einen Milchkaffee.» Sie blickte aus dem Fenster, Nebel hing über den Wiesen, unten musste die Elbe fließen oder die Havel? Waren sie in Sachsen-Anhalt oder in Brandenburg? Früh ging sie zum Buffet, aber alle anderen waren schon da und hatten sich kleine Bratwürstchen und Rührei auf die Teller geschaufelt. Auch der neue Lebensgefährte ihrer Mutter, gepflegt ergraut, in Wildlederjacke, Jürgen, der ihr immer noch fremd war, aber sie würde sich Mühe geben. Ihre Nichte stand mit feuchten Haaren und in Röhrenjeans unschlüssig am Buffet herum, eine Dreizehnjährige, die nicht wusste, was sie wollte, vom Frühstücksbuffet, und auch sonst im Großen und Ganzen nicht. Doris lächelte zu ihr hinüber, und sie blickte dankbar zurück.

Sie besichtigten Orte, Kirchen, und vor einer mächtighohen Kirchenfassade, roh gemauert, hakte ihre Mutter sich bei ihr unter, «du bist immer noch so schmal, meine Kleine, hast du Sorgen?» Jürgen las etwas von seinem

Smartphone ab: «wuchtige Form», «fensterloser Block», «sächsischer Westriegel». Zugvögelschwärme rasten im Minutentakt über diesen Westriegel. Sie gingen durch das kühle Kirchenschiff, dann weiter in die dahinterliegende Klosteranlage. Die Türme und die Klostergebäude, alles aus rotem Backstein gebaut. Dafür gab es eine eigene Backsteinbrennerei im Garten. Doris las auf einer Tafel vom Durchzug der Schweden im Dreißigjährigen Krieg, sechstausend Soldaten, die alles mitnahmen, was nicht niet- und nagelfest war. Hier waren immer alle nur durchgezogen. Sie überlegte, ob sie auf dem Rückweg durch die Stadt von ihrer Mutter neue Schuhe schnorren könnte, ihre waren durchgelaufen, und auf dem Kopfsteinpflaster taten ihr die Füße weh.

Ein an der Hotelbar verrauschter Abend, an dem Cocktails geordert wurden, an dem ihre Schwester von hinten an ihren Barhocker herantrat und sie lange stumm und fest umarmte, obwohl, nein, weil sie sich vorher gestritten hatten: Immer wenn Doris zu verlieren drohte, hatte ihre Schwester ihr vorgehalten, habe sie das Mensch-ärgere-dich-nicht-Brett in die Höhe gerissen, was aber nicht immer, sondern höchstens zwei- oder dreimal passiert war und außerdem fünfundzwanzig Jahre zurücklag. Ihre Mutter erklärte: «Morgen geht es noch nach Ribbeck, zu Herrn von Ribbeck auf Ribbeck im Havelland, ein Birnbaum in seinem Garten stand. Da endet unser Familientreffen.» Irgendwann schlingerte Doris durch die stockdunkle Nacht zum Hotelanbau, in dem ihr Zimmer lag, über eine Rasenfläche, die in der Dunkelheit unsichtbar war. Ihr Fuß stieß an einen Metalleimer, es hallte, unten rauschte die Havel oder die Elbe, hinter den Bäumen musste der Hotelanbau doch liegen, und wie am Morgen hatte sie Lust auf einen Mann. Ein kurz geschorener, knallharter Russe, der sie erwartete und keine Worte machte, wäre jetzt genau richtig. Havelrauschen, Havelland, aber kein Russe am Birnbaum stand.

Als sie am nächsten Vormittag am Schloss Ribbeck durch den Park spazierten, wo die Gänse diesmal im Tiefflug über sie wegrauschten, als sie zum Birnbaum kamen, wo ihre Nichte eine kleine Birne vom Boden aufhob und ihr als Andenken gab, und als dann noch ein Foto mit Selbstauslöser gemacht worden war, das wiederholt werden musste, weil im Hintergrund ein Schnösel mit Halstuch ins Bild geraten war, da begann Doris, sich wohlzufühlen, sich einzufinden, aber da war das Familientreffen vorbei, und nun stand sie auf dem Bahnsteig und hielt in der Tasche ihres Kapuzenpullovers die kleine, harte Birne fest.

Nun weiter zur nächsten Station, zu Anna, auf die sie sich freute, etwas aufgeregt, etwas unsicher. Sie hatten sich so lange, sieben oder acht Jahre, nicht gesehen. Annas Mann hatte sie überhaupt nur flüchtig auf ein oder zwei Partys kennengelernt, und ein Freund sollte noch dazukommen, Johannes, seltener Name, irgendwo hatte sie einmal einen Johannes getroffen, aber heute Abend würden Anna und sie allein am Küchentisch sitzen und über alles reden. Der Zug kam, ein alter Regionalzug, in dem sie ein Abteil für sich allein fand, durch die staubig-verklebte Scheibe rausschauen konnte ins weite Wiesenland, ins Licht der Nachmittagssonne, und wenn die hinter einer Wolke verschwand: ihr Spiegelbild im Zugfenster. Anna würde natürlich wissen wollen, wie es ihr in den letzten Jahren ergangen sei, das war die Voraussetzung, um wieder ins Gespräch zu kommen, und Doris überlegte, wo und wie sie anfangen sollte. Sie lehnte sich im Sitz zurück, holte eine Banane vom Hotelbuffet aus dem Rucksack, schälte sie, schloss die Augen und biss hinein, Bananen-Aufhellung. So könnte sie anfangen: Mit einer Frisbeescheibe, die auf einen zusegelt – «du kannst sie fangen oder vorbeifliegen lassen, und du hast zwei oder drei Sekunden Zeit, höchstens, und du fängst sie und hast keine Ahnung, warum, und das heißt: Entscheidung?»

Das war so gekommen: Nach der Arbeit in der Marketingabteilung ihrer Stadt ging sie durch den großen Park. Der Tag war schläfrig gewesen. Sie hatte Aktivitäten anderer Städte recherchiert, als Anregung für das eigene Team, und an diesem Tag war sie bis P wie «Paderborn» gekommen – «Konzerte aller Art sowie Interpreten diverser Musikrichtungen sorgen für Unterhaltung», puh, da waren sie selbst ja noch besser –, und nach Paderborn kommt nicht mehr viel, «Ulm» ist noch wichtig, ihre Liga, aber

Ulm kann warten. Als sie losging, war gerade ein Regenschauer durchgezogen, und die hohen Backsteinhäuser leuchteten in der Abendsonne dunkelrot, wie glasiert. Nach der Arbeit lief sie oft so herum, einfach schauen, zu Hause wartete keiner.

Im Park gibt es einen Weg am Bach, der fast schon ein Fluss ist, der kräftig strömt und sprudelt. Am Ufer lag ein Mann, der sich, soweit es ging, über das Wasser reckte. In der Hand einen langen Ast, mit dem er versuchte, einen Fußball ans Ufer zu angeln oder ihn zumindest am Weitertreiben zu hindern. Hinter ihm standen zwei Jungen, die gleichzeitig schuldbewusst und gespannt zusahen. «Ich habe drei Mal gesagt, dass ihr den Ball am Ufer nicht prellen sollt, DREI MAL, ich habe mich schon lächerlich gemacht mit meinen Mahnungen. Ihr Idioten.» Der Ball drehte sich am Ast entlang, bis der Mann versuchte, ihn näher heranzuziehen, wozu er den Ast heben musste. Aber bevor er ihn wieder gesenkt hatte, war der Ball mit der Strömung ein Stück fortgetrieben, und der Ast klatschte nur aufs Wasser. Die beiden Jungen blickten nach unten auf den Rasen. «Du darfst nicht Idioten zu uns sagen», sagte der ältere. Dann rannten alle drei gemeinsam bachabwärts.

Doris ging in einem weiten Bogen um eine Wiese herum, auf der gegenüberliegenden Seite die großen alten Eichen. Auf der Wiesenfläche lagen Menschen verstreut, Gruppen und Einzelne, die Abendsonne kam durch. Einfach nur dahinlaufen, sie musste an ihre Stunden für den Taxi-Schein denken: «Wenig bremsen, wenig Gas geben, ein Taxi muss durch den Verkehr gleiten wie ein Fisch durchs Wasser.» Sie setzte sich auf eine Bank, schloss die Augen – ein lautes Aufheulen. Wieder die drei. Der kleinere der beiden Jungen kniete auf dem Boden und hielt sich das Gesicht. Der Große beugte sich über ihn und rief nach einer ersten Erkundung herüber: «Papa, du hast ihm mit dem Frisbee den Zahn herausgeschossen.» Der Vater kam dazu und beugte sich ebenfalls über den Kleinen: «Ein Glück, es war der Wackelzahn.» Der Kleine brüllte weiter. «Aber der muss doch sowieso raus. Und du ziehst die Zähne nie allein. Jetzt ist es passiert.» Der Große sagte vorwurfsvoll: «Er blutet.» «Ist ja gut, das hört gleich auf. Ich suche den Zahn», sagte der Vater und ging auf den Boden blickend im Kreis herum. Dabei sah er zu Doris herüber und lächelte. Er gefiel ihr, mit seinen immer noch nassen Ärmeln, kurz rasierte Haare, kantig, schlabberiges Shirt, enge Jeans. Vielleicht geschieden, jetzt kam die zweite Welle ihrer Generation auf den Markt, die beim ersten Anlauf Gescheiterten. Von der Bank aus konnte sie nicht erkennen, ob er einen Ring trug, blitzte etwas in der Sonne?

Sie lehnte sich wieder zurück. Beziehungen hatten sie immer überfordert. Auf dem Weg zum Park war ihr ein Paar entgegengekommen. «Aber ich brauche dich!», rief der kräftige Mann mehrmals, mit lauter und zugleich gepresster Stimme. Er hatte Oberarme wie Rohre, kurz vorm

Platzen, trug ein Matrosen-T-Shirt und beugte sich zu einer zierlichen, großäugigen Frau herab, die er wie eine schmale Puppe zwischen Daumen und Zeigefinger nehmen könnte: «Du bist so stark.» Das war das Unheimliche, das in allen Beziehungen steckte, und waren nicht kurze, knackige Momente das Wahre? So wie damals mit Tadeo aus Puerto Rico im Lehrlingswohnheim. Sie hatten beim Tischkicker zusammen ein Team gebildet, und sie gewannen das Turnier, auch, weil die anderen sie unterschätzten. Doris spielte vorn, er hinten, ihre Bewegungen immer abgestimmter, sicheres Passspiel, sich zulächeln, blitzschnell den Ball hin und her ziehen, und schon klackte es im gegnerischen Tor. Wie selbstverständlich war es gewesen, nach dem Gewinn der Wohnheimmeisterschaft das gemeinsame Spiel nachts auf seiner schmalen Pritsche fortzusetzen. Sie musste an Tadeo denken, schloss wieder die Augen, halb auf ihm eingeschlafen – und als sie sie öffnete, segelte die Frisbeescheibe in ihre Richtung. Der Vater hatte geworfen, wieder viel zu stark, und entschuldigend blickte er dem Frisbee hinterher.

Sie fing die Scheibe auf, und damit war dieser Teil der Geschichte beendet, aber Anna würde natürlich wissen wollen, wie es weitergegangen war, und dann kam das andere hinzu, was sie erzählen müsste, die Geräusche, wie das Scharren eines Fahrradblechs an der Kellerwand, das sie gleich wieder im Ohr hatte. Er war geschieden, arbeitete als Arzt im Krankenhaus, übernahm so viele Schichten, wie es ging, weil er für seine Söhne viel bezahlte. Doris und er sahen sich jedes zweite Wochenende, wenn seine Söhne nicht bei ihm waren, und manchmal zwischendurch. Am Samstagmorgen schleppte sie ihr Fahrrad die enge Kellertreppe hoch, und jedes Mal kratzte das Schutzblech an der Wand entlang, und Putz rieselte herunter. Er wohnte in einem alten Gutshaus. Aus der Stadt heraus fuhr sie einen langen, schnurgeraden Radweg an Feldern entlang, und in ihrer gemeinsamen Zeit sah sie das Getreide, es war Gerste, mit grünen Spitzen aus dem Boden dringen, schmal herauswachsen, kräftiger, dann gelb werden, Frucht tragen, Haare bekommen und herabhängen. Das letzte Stück ging es durch einen Wald, der schon zum Gut gehörte. Um die Schlaglöcher auf dem Gutshof herum schob sie ihr Rad auf die große Scheune zu, in die mehrere Wohnungen eingebaut worden waren. Die Scheune wurde im hinteren Teil zum Wäscheaufhängen genutzt, und zwischen den hohen Wäscheleinen, Handtüchern, Laken und Jeans fand sie ihn manchmal.

Sie rief und ging durch die Wäschereihen, passte auf, nicht nass zu werden, um eine Ecke herum in eine neue Reihe unter den hohen, großen Holzbohlen, bis er ihr entgegenlachte. Seine Wohnung lag ganz oben in der Scheune, unterm Dach. Leichtfüßig liefen sie die Bodenbalken entlang. Dann schloss sich die Tür hinter ihnen, das Bettgestell, an dem sie sich vorgebeugt festhielt, quietschte wie ein betrunkenes Schiff. Wellen, die an den Seilen zerrten. Um dann, wenn die Seile gelöst waren, wie ein Boot weit draußen zu treiben, in Wellentälern zu glucksen, auf Wellenhöhen getrieben zu werden, kein Ufer in Sicht, kein Wohinmüssen-wir. Nur Dunkelheit mit hellen Wellenspitzen hinauf und wieder hinab. Wenn sie sich danach im hohen, golden-verschnörkelten Wandspiegel ansah, verschattet, die Haut hell leuchtend, nur mit ihrem silber-grünen Halsreif bekleidet: So gefiel sie sich, und es war schön, in der langsam dunkler werdenden Wohnung nebeneinanderzuliegen.

An jedem zweiten Wochenende waren seine Söhne zu Besuch, dann trafen sie sich nicht. Einmal hatten sie es versucht und spielten zusammen auf der Wiese neben dem Gut Fußball. Es klappte auch, alle gaben sich Mühe. Aber ihr taten die Söhne leid. Was hatten sie mit ihr zu schaffen? Warum sollten sie sich an sie gewöhnen? Und wie sollte es ihr gelingen, «ein Verhältnis» zu diesen Jungen aufzubauen, wie es in den Ratgebern stand. Das dauert Jahre, dachte sie, und die Fremdheit verschwindet nie. «Aber das ist normal in der zweiten Runde nach der Scheidung», sagte die Gegenstimme, «wir können es schaffen.» Sie wollte nicht mutlos sein, aber hinzu kamen seine irrsinnigen Arbeitszeiten im Krankenhaus, und er brauchte das Geld, der Ehevertrag war für seine Ex-Frau günstig und für ihn ungünstig gewesen, er musste büßen. Wenn sie sich allein trafen und Zeit war, schwebten sie hoch über allen Schwierigkeiten. Über sein Schrägfenster ragten die Äste einer uralten und hohen Blutbuche. Als sie sich kennenlernten, waren sie kahl und bildeten ein Muster vor dem weißen Winterhimmel. Dann erschienen die dicken Blattknospen, und im Sommer war ein grünes Dach über ihr Bett gespannt.

Aber dann passierte das, was sie nicht erzählen wollte, Anna nicht und sich selbst auch nicht mehr, und wieder hörte sie das Schallen, ungläubig, als er sie schlug, auf den Boden warf, über die Dielen zur Tür zog, ihr Fingernagelscharren in Dielenritzen, spürte, wie er auf ihr saß, und sah ihn dann wimmernd unterm Fenster hocken, weil er es nicht gewollt hatte, aber der Druck war zu groß, von allen Seiten, sie hatten vorher gestritten, bis es in ihm platzte wie ein Rohr, nicht auszuhalten. Er stammelte, konnte sie nicht ansehen, sie setzte sich neben ihn, legte vorsichtig den Arm um seine Schulter. Als das geschehen war, hatten sie sich noch einmal getroffen, aber sie wussten, dass nichts rückgängig zu machen war, und nach dem Abschied raste sie mit ihrem Fahrrad den Waldweg vom Gut weg, kam sich vor wie als Kind, wenn die Ungeheuer hinter einem her sind. Man muss wie verrückt strampeln und darf sich nicht umdrehen, sonst hauchen die Wesen dich an, und schon das genügt, um zu erstarren, vom Rad zu fallen und zu zerbrechen. Rechts hinter ihr schon ein fremdes Vorderrad, aber wenn der Wald zu Ende ist und wenn man die Hauptstraße erreicht, ist es geschafft, so war es damals. In diesen Gedanken steckte Doris noch immer, als der Zug in den Bahnhof fuhr und sie schnell ihren Rucksack griff.

Noch eine Runde durch die Waschstraße nach einem langen Arbeitstag. Tim wollte nicht zu früh zu Hause sein, Frauengespräche am Küchentisch nicht stören. Außerdem war die Waschstraße ein friedlicher Ort, so wie der Friseursalon, der noch friedlicher war, in dessen Stille man vollständig hinabtauchen konnte wie in eine grüne Unterwasserwelt, sea of tranquility, aber man konnte nicht ständig zum Friseur gehen, was sollte man sagen: «Einen Millimeter kürzer, bitte», oder: «Einfach nur ein wenig in den Haaren herumfahren, du rehäugige Zauberin», das ging nicht. Also die Waschstraße.

Scharfer Wasserstrahl um das Auto herum, gründlich an den Felgen, an den Füßen, sozusagen, ein kitzelndes Zischgeräusch, dann blechern am Nummernschild. Punktstrahl auf den Insektenrest auf der Vorderscheibe. Schon winkte der Alte ihn nach vorn und dirigierte, bis das Vorderrad in der Führung stand, auskuppeln und zurücksinken. Tim hatte das volle Programm gewählt, Nano und Wachsversiegelung, und der weiße Schaum begann zu tröpfeln, bis alles rundherum bedeckt war. Ein Rucken nach vorne, anspringende Rotation der Drehbürsten, wohliges Donnern, unter dem man in der Höhle verschwindet.

Die blaugrüne Rolle braust von vorn, während an der Seite die weichen Zotteln gegen das Fenster gepeitscht werden. Dreck wird heruntergespült, läuft an den Scheiben herab, so, wie der gerade beendete Arbeitstag an ihm herabläuft: Eine Stelle sollte neu besetzt werden, und er führte gemeinsam mit seinem Chef den Vorsitz der Auswahlkommission. Die Gespräche fanden in einem völlig überheizten Konferenzraum statt, aber als er zu Beginn das Fenster öffnete und ein wenig schräg stellte, hängte sich eine streng aussehende Frau sofort eine Jacke um die Schultern und signalisierte Verkühlungsangst, obwohl nur ein milder Septemberwind hereinfächelte. Also schloss er es wieder, worauf sie gnädig nickte. Im Hufeisen ihm gegenüber saßen zwei Männer, einer im giftgrünen, der andere im leuchtend lilafarbenen Hemd. Der Grüne versuchte, ein Kaffeesahneschälchen aufzuziehen, was misslang, worauf er mit dem Fingernagel das Verschlussplastik aufbohrte und dann den Sahnefinger ableckte. Aufsteigende Übelkeit, schnell aufs Notebook blicken, in das alles einzutippen war.

Vorn erschienen die Kandidaten. Er hatte die Namen vorher in eine Tabelle eingetragen, ebenso die standardisierten Fragen. Zum Beispiel: «Welche Misserfolge haben Sie erlitten, und was haben Sie aus ihnen gelernt?» Diese Frage fand er sehr gut, und über die möglichen Antworten hatte er beim Erstellen der Tabelle schon nachgedacht, aber jetzt musste er sich auf die Bewerber konzentrieren. «Wie würden Sie Ihren Arbeitsstil charakterisieren?» «Was erwarten Sie von der Arbeit in unserem Haus?» Leise gab er Notizen zu den Antworten ein.

Auf dem Vorplatz des Gebäudes wurden Wasserleitungen verlegt. Er blickte hoch: Ein Bauarbeiter kippte eine

Ladung Kies aus einer Schubkarre in eine Grube, ein rutschendes Geräusch. Seine Oberarmmuskeln glänzten in der Sonne, er sah kurz zu ihnen herein, dann holte er die nächste Fuhre ab. Vorn erschien jetzt ein korrekter Anzugträger, riesig lang und schmal. Die mit der Rückenangst fragte: «Welche Rolle spielt das Thema Gleichberechtigung für Sie?» Das fragte sie jeden, die Fragen waren vorher verteilt worden. «In meiner Laufbahn habe ich mich wiederholt mit diesem eminent wichtigen Komplex ...» – Tim notierte. Rechts neben ihm saß völlig regungslos eine Frau, deren dunkle lange Haare wie Lianen in einem windstillen Wald herabhingen. Seit sie begonnen hatten, keinerlei Bewegung der nach innen gefönten Lianen. Der Sauerstoff im Raum ging langsam zur Neige. «Der Nächste, bitte.» Von draußen wieder das Geräusch einer Ladung Kies in die Grube.

«Sie haben in einem Callcenter gearbeitet. Welche Erfahrungen haben Sie dort gemacht?» Die Bewerberin berichtete, dass sie Angst hatte, ein Gespräch zu beenden, in ein paar Sekunden würde es wieder klingeln, aber man konnte es nicht klingeln lassen, das Arbeitsverhalten wurde überwacht, die Zahl der erledigten Kundenwünsche registriert. Nach der Arbeit war ihr Kopf ein Zuckerwattestab, der nicht aufhörte, sich zu drehen. «Mein GEHIRN zog immer weiter süße ZUCKERWATTE an. Können Sie sich das vorstellen?» Tim nickte bestätigend zu ihr hinüber und lächelte sie an, der Chef guckte streng.

«Könnten Sie etwas zum Thema Vernetzung sagen?» Die Abschlussberatung lief, und das grüne Hemd mit dem Sahnefinger sprach sich für die Kandidatin aus, die er schon während ihres Auftritts wohlwollend gemustert hatte und mit der wir doch alle gerne einen Kaffee trinken würden, während eine männliche Meckerziege mit Spitzbart, die sich bisher gar nicht beteiligt hatte, erklärte, dass ein anderer Kandidat spätestens jetzt abzuschießen sei, bevor sie die Auswahlliste dem Vorstand vorlegten, und während Tim versuchte, den Überblick zu behalten, kam von der Baustelle nun ein anderes Geräusch, das wie ein Wäschetrockner voller Turnschuhe klang. Aber er blickte nicht nach draußen. Sein Chef strich sich über den Bürstenschnitt. Im Raum breitete sich Müdigkeit aus, spinnfädiges Mittagslicht hing vor der Holzvertäfelung, Gesichter schälten sich aus dem Dunst. «Vielleicht ist er ein Einzelgänger.» Tim tippte ein: «Einzelgänger, vielleicht.» Zwei Köpfe in einer Sonnensäule flüsternd zusammengesteckt. Die Unbewegte neben ihm endgültig ein Denkmal geworden. «Dann hätten wir's. Ich danke Ihnen.» Alle erhoben sich.

Die nächste Welle der Bürsten überrollte das Auto, das Seifenwasser traf auf die Haut, porentief rein, Wasserwogen umschlossen den Wagen. Seelenreinigung mit Ultra-Schaum und Nano, das wäre gut. Nun schlichen aber schon die großen Trockengeräte heran und zogen mit ihrer Saugkraft die Tropfen empor. Gleich würde die Ampel am

Ausgang auf Grün springen. Aber auch Zweifel schlichen heran: Hatte ihm die Situation des Bewerbungsgesprächs, bei dem er vorn saß und über das Schicksal der anderen mit entscheiden konnte, die ihn demütig-hoffend anblickten, weil sie wussten, wer hier den Daumen hob oder senkte, während der Kies in die Grube rutschte, hatte ihm diese Anordnung klammheimlich gefallen? Hatte sich der frühere Tim in dieser Situation seltsam und unwohl gefühlt, oder gab es einen neuen Tim, der bedeutungsvoll blickte, wenn er Antworten der Kandidaten notierte, sich gönnerhaft-herablassend gab, und hatte der alte Tim nicht einmal eine schneidende Schärfe in der Stimme des neuen gehört? Aber das durfte nicht sein, so wollte er nicht werden, etwas mit Macht, mit Kälte, das wäre Verrat, auch an Johannes, auf den er sich doch freute, und am Sonntag würden sie zu viert in den Park von Schloss Sanssouci fahren und picknicken. Also, los jetzt, erster Gang und raus aus dem Waschstraßentor.

Tim hielt noch an einer Currywurstbude, trank am Stehtisch an der Straße ein Bier und sah dem Sonnenuntergang zu, bis es kühl wurde. Als es langsam dämmerte und er nach Hause kam, saßen Doris und Anna im Schein einer großen Kerzenlaterne, die Doris wohl als Geschenk mitgebracht hatte, am Küchentisch. Als er Doris umarmte und Anna küsste, merkte er, dass sie schon einiges getrunken hatten. Er sah Doris an, wann hatte er sie das letzte Mal gesehen, vielleicht auf Annas dreißigstem Geburtstag, oder noch früher? Ihre grünen Augen, die beim Reden blitzten, diese eng anliegende Kurzhaarfrisur, geometrisch geschnitten, nur über der Stirn etwas zerwühlt, kam ihm streng vor, fast antik, sah aber gut aus und passte zu ihrem schönen langen Hals.

Anna zeigte auf die Spaghetti, «Soße muss auch noch da sein», und im Kühlschrank fand sich ein Bier für ihn, sodass die beiden ihren Wein allein weitertrinken konnten. Beim Kochen hatten sie «Helden» von David Bowie gehört: «Könntest du schwimmen wie Delfine, Delfine es tun. Niemand gibt uns eine Chance, doch können wir siegen, für immer und immer, und wir sind dann HELDEN FÜR EINEN TAG». Tim erinnerte sich an eine halbdunkle Party, auf der Doris das vorgesungen hatte, mit ihrer kehlig-herben Stimme, mit der sie David Bowies Akzent im Deutschen perfekt nachahmen konnte. Aber jetzt legte sie Fotos vor ihm auf den Tisch, die sie für ihn mitgebracht hatte. Da er Spaghetti aß, musste er nichts sagen, nur schauen, und er drehte langsamer an ihnen herum, um Zeit zu gewinnen. Die Fotos zeigten ein großes Kunstwerk, das in dem städtischen Verwaltungsgebäude hing, wo Doris arbeitete.

Es sah wie ein Hochglanzdruckbild aus und bestand aus drei Teilen, drei Landkarten. Auf der linken Seite war die bekannte Weltkarte zu sehen, die sich zusammenzog und in einen Trichter gesaugt wurde. Dieser Trichter bildete das mittlere Bild. Rechts kam eine neue Welt aus dem Trichter heraus, ohne Trennung der Kontinente, als Gewirr von Ländern, Inseln, Seen, Gebirgen, Wüsten, Städten und Verkehrswegen. Unten hingen lilafarbene Fäden herab, die wie lange Quallenfäden aussahen. Das ganze Land war zerflossen, und außerdem war es beschriftet, und Tim beugte sich vor: «GLOBALISIERUNGSSPALTE», «VANILLA SUBURBS», «EINFACH-SO-SEE». Manchmal zogen sich halbe Sätze durch die Landschaft: «AREAL, IN DEM MENSCHEN WOHNTEN, DIE AN DEN KONTINUIERLICHEN VERTIKALEN FORTSCHRITT VON GESELLSCHAFTEN GLAUBTEN.» Manche Seen und Gebirge hatten eine Gestalt, die ihm bekannt vorkam: Ja, das war die Häschen-Schule mit dem Rotfuchs, «hu, hu, hu, es ist der Fuchs, Augen leuchten wie beim Luchs». Dort eilten Tim und Struppi über den neuen Kontinent.

Seit wann hingen solche Bilder in Verwaltungsgebäuden, war das Kunst im Bau statt am Bau, und warum war er dafür zuständig? Es war natürlich aufmerksam von Doris, etwas mitzubringen, um einen Anknüpfungspunkt zu haben, weil sie sich an sein Nebenfachstudium Kunst erinnerte, sie hatten einmal, schummeriges Küchengespräch, Doris auf der Fensterbank sitzend, darüber geredet. Sie erklärte: «Ich gehe jeden Tag daran vorbei, und mir gefällt es, aber ich weiß nicht, was es bedeutet.» Gerade als er sich einige Sätze zurechtlegen wollte und die letzten Spaghetti herunterschluckte, kam Anna mit einer neuen Weinflasche aus dem Keller zurück. «Ich wollte noch zu Ende erzählen», sagte sie zu Doris gewandt, während sie den Riesling entkorkte, «was wir über Elias gesprochen haben, dass ich merke, wie er sich ganz langsam von mir entfernt, wenn wir zusammen spielen, ‹Tempo, kleine Schnecke›, zum Beispiel. Man sitzt auf dem Teppich, eng zusammen, und die einzige Frage ist, welche Schnecke zuerst bei ihrem Salat ankommen wird, aber bald muss ich vernünftige Dinge mit ihm bereden, man sitzt wieder auf Stühlen, nicht mehr Wange an Wange, die Kinderwelt schließt sich, vielleicht für immer.» Sie schenkte Doris und sich ein. «Wenn wir nicht noch ein zweites Kind bekommen.»

Tim schluckte, worum ging es hier, um die Globalisierung, um ‹Tempo, kleine Schnecke› oder in Wahrheit um ein zweites Kind? Er stellte seinen Teller in die Spüle, fand im Kühlschrank in der Milchschublade noch ein weiteres Bier und legte die drei Fotos der zerlaufenen Weltkarte nebeneinander vor sich auf den Tisch. Er sah zu Anna hinüber. In der Küche war es fast dunkel, von draußen kaum noch Licht, nur die Kerzenlaterne mit ihrem Lichtspiel im Glas erhellte den Raum. Annas Gesicht war einen Hauch gerötet, was er so gerne mochte, «als ob der Abendhimmel dir von seiner Farbe abgegeben hat», wer hatte das gesagt? Er selbst? Und forschte Anna nun in Dating-Portalen nach Männern, die ganz anders aussahen, oder wollte sie ein zweites Kind mit ihm? Da lagen doch klare Widersprüche in der Luft, und außerdem hatte er immer noch nichts zu diesen zerlaufenen Bildern gesagt. Er sackte leicht in sich zusammen.

Doris erwartete aber offenbar keine Antwort mehr auf ihre Frage nach den Bildern, sie lobte den Riesling und schwenkte dabei zu einem anderen Riesling über, einem fruchtigen Elsässer, den sie neulich getrunken habe, an einem Abend, als sie wieder einmal über das Modell von ZWEI-PERSONEN-BESITZ-LIEBE nachgedacht habe. Anna und Tim zuckten zusammen und sahen sich im Halbdunkel an, aber Doris fuhr schon fort und erzählte: Der Kulturdezernent der Nachbarstadt war bei ihnen im Büro zu Besuch. Erst fand sie ihn anstrengend, Mr Superschlau, auch zu hager und zu hektisch. Aber dann lächelte er selbstironisch, das war schon besser, und langweilig wie die meisten Männer schien er nicht zu sein, sodass sie es am Ende schade fand, dass man sich gar nicht verabschieden konnte, als er losrannte, um seinen Zug zu bekommen. Aber er war halt weg.

Sie ging noch in eine Kneipe, um den Nachgeschmack der dänischen Zuckerkekse, die es bei solchen Treffen immer gab, aus dem Mund zu bekommen. Sie bestellte Wein und Avocado-Chips und saß in der hohen halbdunklen Kneipe mit Fensterbögen zum erleuchteten Markplatz. Als die Chips kamen, bestellte sie gleich noch ein Glas Riesling, weil er ihr so guttat, wohlig-diffuses Zerlaufen der Umgebung, es ist warm, es ist egal. Ihr Rucksack unten an den Füßen des hohen Hockers.

Die Schwingtür der Kneipe öffnete sich, ein Luftschwall, der Kulturmensch von vorhin trat herein. Er blieb stehen, sah sich um, pflückte seine Musikstöpsel aus den Ohren, erkannte sie und trat an ihren runden Tisch. Ob er sich dazusetzen könne, er habe den Zug verpasst, obwohl er gerannt sei, und der nächste gehe erst in zwei Stunden. Während er in die Karte blickte, überlegte sie, wie sie ein Gespräch beginnen sollte, denn die zwei Weinchen ohne richtiges Essen erwiesen sich jetzt als Konzentrationsproblem.

«Was hast du gehört?», fragte sie, auf seine Ohrhörer zeigend, «Tocotronic», antwortete er, ohne dass er über das Du irritiert war, und als er mit der Durchsicht der Karte fertig war, ergänzte er, «aber ich höre das beruflich». Sie fragte sich gegen die sich ausbreitende Weinunklarheit, wieso man BERUFLICH Tocotronic hören konnte? Richtig, er war Kulturdezernent, und Tocotronic war Kultur, und dann sagte sie: «Bei Tocotronic muss ich immer an den schlechtesten Sex meines Lebens denken.» Sie musste sagen, was ihr durch den Kopf ging, ob es nun passte oder nicht, aber das passte gar nicht, sondern wies in die Vergangenheit zu einem Künstler, der immer Drahtinstallationen baute und dabei Tocotronic hörte, damals, ihr halbes Jahr in Duisburg.

Aber zum Glück ging ihr Gegenüber gar nicht darauf

ein, sondern erzählte ganz ungerührt von einer Ausstellungseröffnung in der Kunsthalle Wolfsburg, bei der Tocotronic aufgetreten war, und so bekam das Gespräch wieder Festigkeit. Sie redeten sich frei, ein Thema gab zum nächsten ab, und der Rest der Kneipe war Gläserklirren und Geflüster im weiten Kreis um sie herum, sie beide wie unter einem großen Schirm im Regen in einer Straße, wo einen niemand kennt. Er bestellte Riesling-Sekt, und sie überlegte, ob er sie beim Anstoßen ironisch mustere? «Nein», sagte eine freundliche innere Stimme, «er ist einer, mit dem du in die Berge ziehen und dich nebeneinander in einen Gebirgsbach legen kannst.» Sie sprachen übers Reisen, und als er sagte: «Etwas Besseres als hier werden wir überall finden», fragte sie: «Ist das auch von Tocotronic?» «Nein, das ist aus den Bremer Stadtmusikanten.» «Aua», dachte sie, «peinliche Unbildung, Bremer Stadtmusikanten, das Märchen mit den gestapelten Tieren», und fragte laut: «Und wer sagt das in dem Märchen?» Er überlegte kurz: «Der Esel, glaube ich. Vom Esel geht doch die Initiative aus.» «Genau», dachte sie, «du Esel, mach mal, Initiative!»

Als sie die Kneipe verließen, setzten sie sich, weil es so ein warmer Abend war, auf die Stufen des Denkmals mit dem dicken Fürsten auf dem Markplatz, und als der nächste Zug abgefahren war und noch einer fahren würde, auf den man warten könnte, und als sie zu den Sternen hochsah, da saß neben ihr auf der Treppe dieser Mann, der sicher in

Ordnung war und bestimmt auch liebevoll, und auf der anderen Seite saß die Skepsis und flüsterte: «Glaubst du noch an diese ZWEI-PERSONEN-BESITZ-LIEBE?»

«Schade, dass Johannes jetzt nicht zuhört», dachte Tim, «hier so im Halbdunkel zu sitzen, und alles zieht vorbei wie Bilder, die ein alter, etwas ramponierter Projektor an die Wand wirft, das wäre genau das Richtige für ihn.» Er hatte sich auf den Küchentisch gestützt, war gleichzeitig müde und wach, die Landkarten vor ihm waren im Dämmer endgültig zerlaufen. Doris sollte nur weitererzählen, und er nahm die Rieslingflasche, um ihr die letzte Bodenpfütze einzuschenken, aber sie hielt die Hand übers Glas, «Zeit, ins Bett zu gehen». Anna protestierte, sie wollte hören, wie es denn weitergegangen sei in der Nacht auf den Stufen des Denkmals und ob sie ihn seitdem wieder getroffen habe, aber Doris stand auf, «die Zukunft rückt näher. Wisst ihr eigentlich, wie glücklich ihr seid? Ich meine», sagte sie zu Tim gewandt, «du schenkst ihr einen sinnlosen, alten Fensterrahmen, und sie freut sich darüber, sie hat ihn mir gezeigt und gestrahlt. Gute Nacht, ihr Süßen!» Im Flur hörten Anna und Tim sie noch leise singen: «Hello Darkness my old friend. I've come to talk with you again.»

Anna und Tim setzten sich noch nach draußen. An diesem warmen Abend, rundherum alles dunkel und still, Spätsommer oder Frühherbst, der Himmel milchig verschleiert. Alles so müde wie sie selbst, so müde, dass sie auf keinen Fall jetzt schon schlafen wollten, sondern auf der schmalen Holzbank, eigentlich nur ein Brett direkt an der Hauswand, sitzen wollten, nebeneinander in die Nacht starren. Weiter weg, nach oben, in Richtung Steinbruch, Rascheln im Gras oder im Unterholz. Vielleicht der Dachs, dessen Höhle sie neulich entdeckt hatten? Elias hatte Dachshaare, die rund um die Höhle zu finden waren, gesammelt und zu Hause auf ein weißes Blatt Papier gelegt, sie hin und her geschoben, bis ihm das Muster gefiel, das dann mit Tesafilm festgeklebt wurde, wobei allerdings einige Haare vom Tesafilm hochgezogen wurden und verrutschten.

«Als du neulich weg warst», sagte Anna, «und ich im Dunkeln noch einmal hinausgegangen bin und in die Gärten hinuntersehe, da hüpfen auf drei Trampolins drei Teenager, und sie tragen Phosphor-Armbänder und um die Knöchel auch Phosphor-Bänder und springen damit irreleuchtend in der Nacht herum. Wahrscheinlich stand irgendwo im Dunkeln noch einer und hat das gefilmt.»

Tim sah es vor sich, die hüpfenden Leuchtstreifen im Auf und Ab, und er wusste, dass er nun Anna fragen müsste, was mit ihr los sei, so gedankenverloren, ob sie noch ein Kind wolle, warum sie in Dating-Portalen herumsurfe, wann sie wieder zu arbeiten beginne und was seine Fantasien von ihr und Johannes zu bedeuten hätten – das war so kompliziert, und er hatte es nie gelernt, solche direkten Fragen zu stellen, nach Zuständen, ihn schauderte, aber er gab sich einen Ruck und atmete ein: Aber Anna lächelte, ergriff das Wort und fing an, von ihrer damaligen Indien-Reise zu erzählen, weiß Gott, warum, und zwar von einem Abstecher, den sie unternommen hatte, als sie mit den beruflichen Angelegenheiten fertig war, in den Himalaya, nach Darjeeling und Sikkim. Vielleicht ist das heute der Abend zum Erzählen, dachte Tim, oder vielleicht ist das, was sie erzählt, eine Antwort auf meine Fragen, die sie bestimmt kennt, sie hat so gelächelt.

Außerdem war es zu spät, sie zu unterbrechen, sie sprach schon vom Toy-Train, einer Dampflokomotive, einer Jim-Knopf-Lokomotive, die zischte, grollte und fauchte in den Kehren und Kurven ins Gebirge hinauf. Anna hing aus dem Fenster, um die Teebüsche zu sehen, die die Hänge bedecken wie ein wallendes, weites, grünes Kleid, das in keinen Rucksack der Welt passt. Sie starrte hinaus, bis der Rauchschwall der Lok in ihren Blick wehte und ihr die Tränen kamen. Der Rauch verzog sich, Sicht wieder frei: Teebüsche zogen die Flanken der Berge hinab, als habe jemand von oben einen großen Sack ausgeschüttet, in einem Spiel, das Himalaya-Riesen spielen: Teebüsche aus Himmelssäcken kippen.

«Mir gehen die Augen über», was das bedeutet, wusste

sie jetzt. Als sie oben nach acht Stunden aus dem Zug stieg, blass und verrußt, war ihr übel. Sie stand in einer senkrechten Welt, in der es darauf ankommt, waagerechte Plätze zu finden, von denen man nicht herunterfällt. Sie hatte nie Höhenangst gehabt, und jetzt wusste sie, woran es lag: Sie war noch nie IN DER HÖHE gewesen. Die Dörfer klammern sich an Steilhänge, es gibt einen Fußballplatz, von einem hohen Zaun umschlossen, und sie stellte sich vor, wie der Ball in eine endlose Tiefe fallen würde, nicht mehr zu sehen für die Spieler, die sich über den Platzrand beugen.

Mit dem Taxi weiter nach Pellem auf einer Straße, die nur aus Serpentinen besteht. Man wünscht sich, dass es ein Stück geradeaus geht, aber nach dem Ende einer Serpentine beginnt die nächste, und an den Autos flattern Gebetsfähnchen. Sie wollte den Kangchendzönga sehen, den dritthöchsten Berg der Welt, ein Massiv mit fünf Gipfeln, das sind die fünf Schätze des Wächters. Aber ein fester Wolkenvorhang hing davor. Sie übernachtete in einem Kloster, wo man von den Trommeln und Schellen und von der Litanei des Morgengebets wach wurde. Dieses Kloster stand auf dem Fleck, wo der Pfeil gelandet war, den der Riese von Tibet nach Osten schoss. Die Pilger gingen zum See und füllten heiliges Wasser in Supermarkt-Flaschen. Sie folgte ihnen und kniete auch am Ufer nieder.

Alles wurde winzig, diese Welt überragt uns himmelhoch, und sie musste denken: An welchen dünnen und fadenartigen Sicherheiten hält man sich fest? Alles, was sie die Tage davor in den Büros der Partnerfirmen ganz selbstverständlich gesagt und getan hatte, kam ihr nun so weit entfernt und so unpassend-peinlich vor wie diese Reden, die man sonst führte, die mit «Globalisierung» beginnen und mit «Asien» enden, Begriffe wie Holzkästchen, in die man Berge stellen will. Oder wie die alten Kolonialherren, die ihre Heimat hier hochgeschleppt hatten: eine englische Straßenuhr, ein Rathaus, die Bäckerei, Arkaden, alles in Art déco. Die Engländer hatten es geschafft, großartig, aber was heißt geschafft, wenn man sein Spielzeug in die Welt der Riesen stellt?

Der Berg war immer noch nicht zu sehen. Ein Kellner erzählte von ihm, machte weit ausholende Armbewegungen, Anna auf einer Terrasse, trank Tee, wartete – und dann reißt der Himmel wirklich auf, zuerst ein Wolkenspalt, der sich vergrößert, und darin erscheint: das Massiv, das den Himmel füllt, nein, verdrängt und dir den Atem nimmt. So viel gewaltiger als alles vorher, saugt dieses Weiß den Blick auf, leuchtet noch heller im Kontrast zum Grün, Gletscher gegen Bambuswälder, sodass man innerlich zu stammeln beginnt, weil dieser Koloss auf der Erde lastet. Magnetisch angezogen vom Stein, ja, er zieht an deiner perforierten Haut, heiße und kalte Schauder aus einer Himmelsdusche, gleich schreie ich spitz auf – da zog sich der Vorhang wieder zu. Ihr überfüllter Kopf, zum Fotografieren war es zu spät, und es gab ohnehin nicht genug Speicherplatz für die FÜNF SCHÄTZE DES WÄCHTERS.

Tim saß, den Kopf an die Hauswand gelehnt, sah in den Nachthimmel und war sich nicht sicher, ob das, was er dort oben sah, hohe Wolken waren oder schon die Milchstraße. Er war sich auch nicht ganz sicher, ob er schon träumte, sein Kopf war einmal schon weggesackt, aber als er Annas Schulter berührte, war er hochgezuckt, er wollte ja hören, wie die Unsicherheit genau in dem Moment, wo Anna ihren größten Erfolg hatte, in ihr Leben eingedrungen sei: Die Blase aus Jobs und Terminen sei auf den Berg zugetrieben und zerplatzt. «Ja», antwortete Tim, und das rutschte ihm viel zu laut in die Nacht heraus, worauf ein Hund in den nahen Kleingärten dreimal bellte, dann aber wieder verstummte. Anna sprach von der kleinen Terrassenwelt, um die nächtlicher Dunst liege, von Tod und Traum, und dann kamen auch Elias und JOHANNES vor, was Tim aus dem Wachschlummer aufschreckte, aber sie blieb bei Elias: «Als ich ihn aus dem Kindergarten abgeholt habe, hat er auf dem Rückweg, sie hatten Bibeltag, die Geschichte erzählt, in der Jesus und ein oder zwei Jünger auf einem See herumlaufen, und er fragte mich, ob ich das glaube, und ich hätte am liebsten geantwortet: Klar kann man auf dem Wasser laufen, mach ich ständig.»

«Da, der Fuchs», sagte Tim, denn oben auf dem Rasen war ein helles Fell zu erkennen. Das Tier drehte den Kopf zu ihnen, Augen leuchteten, «nein, das ist nur Vivaldi», sagte Anna, so hieß die Katze der Nachbarn, «nein, das ist der junge Fuchs», aber bevor sie diese Meinungsverschiedenheit auflösen konnten, war das Tier verschwunden. Also fuhr Anna fort, sie habe in Gedanken eine Zeichnung gemacht, so wie früher bei der Arbeit, ein Schema, um die Situation und die Anziehungskräfte zu verstehen: Johannes komme sozusagen von der Seite des Traums, und jetzt wird er Kunstlehrer; sie selbst komme von der Seite des Lebens und habe gelernt, dass die Bodenlosigkeit auch zu ihr gehöre, «und du warst schon immer der Seiltänzer in der Mitte, der gar nicht bemerkt, dass er herumbalanciert, geliebtes Kind». Tim fragte, wie denn Doris dazu passe, wenn er an ihre Geschichten vorhin denke. «Gefällt sie dir?», fragte Anna, sah zu ihm herüber und kräuselte die Lippen. «Ja, wer tanzt denn mit Johannes bei Vollmond auf dem Hügel herum?», wollte Tim antworten, aber er war sich nicht sicher, ob er das nicht auch schon geträumt hatte, und er hatte Angst vor der möglichen Antwort, denn Johannes besaß andere Kräfte, aber da hörten sie beide ein schmatzendes Geräusch.

Sie blickten über die kleine Holzterrasse zum Schilfgras, das auf der einen Seite wuchs. Oder kam das Geräusch von der anderen Seite, hinter der silbernen Gerätekiste hervor, zuerst saugend, dann leise platschend? Gab es da vorn eine Bewegung über die Holzbohlen auf das Schilfgras zu? «Siehst du was? Ich habe die Kontaktlinsen schon herausgenommen», sagte Anna. Aber zu sehen war nichts, nur zu hören, ein Schlupfen übers Holz, das feucht klang. «Weißt du noch?», fragte Anna. Sie dachten nebeneinander schweigend an die langsamen Hüpfer einer Kröte auf einem Campinglatz in Südfrankreich. Sie hatten noch mindestens zwei Stunden Fahrzeit vor sich, um die Fähre nach Korsika zu erreichen, und deshalb waren sie um vier Uhr früh aufgestanden und zum Duschhaus geschlichen. Dort im Halbdunkel saß die Kröte, groß, schrumpelig-herabhängend. Auf dem feuchten Steinboden fühlte sie sich wohl und sah keine Veranlassung, um diese Uhrzeit zur Seite zu gehen. «Ich will nicht allein duschen.» Also gingen sie gemeinsam in eine Kabine, und Anna stand beim Duschen auf seinen Füßen, als das Wasser in heißen Schlacken aus der alten rumpelnden Dusche schoss und auf den Boden klatschte, so laut, dass es alle Kröten der Welt auf Abstand halten musste.

Anna stand auf und zog ihn von ihrer provisorischen Bank hoch. Sie muss zum Abschluss etwas Praktisches sagen, dachte Tim, das weiß ich, Gefühle wieder einsammeln, als sie mit «übrigens» anfing und die Warzen von Elias thematisierte, die auf die bisherige Behandlung überhaupt nicht reagiert hätten. Es gäbe nun zwei Möglichkeiten, einmal den Einsatz einer neuen und teuren Lasertechnik, zum anderen eine Hexe, die die Warzen bespricht. «Die Ärztin hat das genau so gesagt: Lasern oder zur Hexe. Er hat jetzt 13 WARZEN.» «Kann man nicht beides parallel versuchen?», schlug Tim vor. «Typisch», sagte Anna.

Der Einkaufszettel lag vor Tim auf dem Esstisch bereit. Anna, Doris und Elias waren schon in die Stadt aufgebrochen. Er würde zuerst den Wochenendeinkauf im Supermarkt erledigen und dann auf Johannes warten, der sich mit ihm wegen des Probeunterrichts beraten wollte. Doris würde bei einer anderen Bekannten übernachten. «Morgen sehen wir uns dann alle in Sanssouci.» Auf der Fensterbank stand der Topf mit der Pflanze, die sie im Gottesdienst bekommen hatten. Sie schoss höher und höher hinauf und maß inzwischen einen halben Meter. Elias goss sie ausdauernd und kontrollierte ihre Größe mit dem Zentimeterband. Was hatte dieser Pastor für Samen genommen?

Der Einkaufszettel, eine halbe A4-Seite voller Bleistiftnotizen, die sich im Lauf der Woche angesammelt hatten, und dann mit rotem Kugelschreiber die Zutaten für die Abendessen am Wochenende. Darunter Dinge, von denen Tim nicht wusste, in welchem Bereich des Supermarkts sie lagen: MASCARPONE, zum Beispiel, in der Ecke von Crème fraîche? Er nippte noch einmal aus dem Kaffeebecher, obwohl der fast leer war. Als Elias mit den Frauen losging, hatte er sich vor der Treppe noch einmal umgedreht und Tim gewinkt. Das wirkte selbstständig, man grüßt im Gehen noch einmal, der junge Fuchs wieder, der sich ausprobiert.

Als Elias ganz klein, vielleicht ein Jahr alt war, saß er oft hier auf seinem Schoß. Dann zogen sie die Schublade des

Tisches auf, weißer Ikea-Schreibtisch, den sie umgewidmet hatten. Elias straffte sich und richtete den Blick auf die Gegenstände, die hier gelandet sind. In einer Ecke alte Münzen, Schillinge und Lira. Daneben ein abgelaufener, nie eingelöster Gutschein für einen Kletterpark. Ein Militärkompass, von dem keiner wusste, woher er stammte. Tim nahm das Zentimeterband und rollte es ab. Elias griff danach, und Tim zog auf der anderen Seite dagegen: Tauziehen mit dem Zentimetermaß. Elias schnaufte tief vor Aufregung. Tim gab ihm die Fliegenklatsche, die er ebenfalls schätzte, und schob das Geschirr auf dem Tisch aus seinem Radius heraus. Elias gab glucksende Laute von sich wie ein heller Bach, der zwischen runden Steinen fließt.

Tim dachte an die Segelohren von Elias, die er ihm vererbt hatte, und dann an seine Fragmente, an denen er weitergearbeitet hatte: Die Wohnung von Johannes hatte er ein Beispiel für das PROVISORIUM UNSERER EXISTENZ genannt; diese Formulierung fand er gut. Vielleicht würde Johannes jetzt bald aus dieser Wohnung ausziehen? Aber auch dann würde sie immer für das PROVISORIUM UNSERER EXISTENZ stehen. Johannes als Kunstlehrer, das konnte man sich vorstellen. Kunstlehrer sind immer etwas verrückt, und so etwas in der Art hatte Anna wohl gestern Nacht auch gemeint. Außerdem: Könnte Doris zu Johannes passen? Sie war nicht ganz der Typ «Frau aus Genua, der man Seetang aus den Haaren pflückt und in deren Körper immer ein ferner Sturm tobt». Aber als Sturm mit hohen dunkelgrünen Wellen konnte Tim sie sich vorstellen, wenn er an ihre schmalen Augen im Kerzenhalbdunkel dachte. Gegen eine solche Verbindung könnte niemand etwas einwenden, und alle würden zur Ruhe kommen.

In diesem Moment fiepte und brummte sein Smartphone. Wahrscheinlich fehlte etwas auf dem Einkaufszettel, was ihm noch mitgeteilt werden sollte. Aber die Nachricht kam nicht von Anna, sondern vom Chef. «Okay», dachte Tim seufzend, «wir Führungskräfte müssen auch am Wochenende kommunizieren.» Diesmal teilte ihm der Chef mit, dass es nach der erfolgreichen Anlaufphase des Dating-Portals plötzlich Schwierigkeiten gäbe. Die Kollegen müssten dringend mit ihm sprechen, weil ihnen nicht klar war, wie er auf bestimmte Zahlen gekommen sei. «Aber das lässt sich sicher leicht am Montag klären. SCHÖNES WE.»

Oh, nein, er würde also doch auffliegen, das heißt, er würde fallen, so tief, wie Anna es gestern vom Sportplatz am Himalaya beschrieben hatte, seine Gedanken stolperten übereinander, hinab vom Spielfeld, wo er sich gerade so gut eingefunden hatte, wo er vorn saß, wenn die Bewerber hereinkamen, und nun würde er selbst zur Ladung Kies werden, die in die Grube hinabrutscht, Häschen in der Grube, saß und schlief, nein. Um sich abzulenken, und weil er frühestens am Montag versuchen konnte, neue Schummeleien hinterherzuschieben, die ihn vielleicht noch retten konnten, bis dahin aber zur Untätigkeit verdammt war, griff er nach dem Bilderbuch von Elias, das noch auf dem Tisch lag, «Räuber Ratte», richtig: Ratte mit dem Degen nahm wirklich alles, einer Häsin den Klee, dem Eichhörnchen die Nüsse und zuletzt einer Gruppe von Ameisen ein Blatt, «denn ich bin Räuber Ratte, ich reite, reite, reite, und ich raube, raube, raube», und so würde das Schicksal ihm, Tim, nun alles entreißen, mit dem Degen über ihn kommen. Er nahm schnell den Einkaufszettel, die Kreditkarte und verließ das Haus, Aktivität, Aktivität.

Johannes dachte an seine Probestunde. Der Schulleiter würde hinten sitzen und zuschauen, und von diesen 45 Minuten hing es ab. Außerdem war er mit Prüfungssituationen nie zurechtgekommen, und ungute Erinnerungen vom mündlichen Abitur bis zu den missratenen Architekturartikeln bauten sich vor ihm auf. Tim und er saßen sich am Esstisch gegenüber, schnippelten einen Obstsalat für den Abend und tranken Kamillentee, denn Johannes hatte Magenschmerzen wie früher. Tim hatte auch Magenschmerzen und schnitt schnell, denn er versuchte, die Nachricht seines Chefs zu vergessen und sich ganz auf Johannes und DESSEN SORGEN zu konzentrieren. «Diese zehnte Klasse soll nicht ganz unproblematisch sein, haben sie gesagt. Ich saß beim Schulleiter im Büro, und eine süße kleine Religionslehrerin kam zwischendurch herein, und die hat mich sorgenvoll und mitleidig angesehen.» «Religionslehrer müssen mitleidig gucken, das hat nichts zu bedeuten», antwortete Tim, während ihm Melonensaft an den Fingern herablief und Kerne festklebten, «und grundsätzlich unterschätzen wir uns viel zu oft.» «Findest du wirklich?», fragte Johannes, und dann erzählte Tim ihm eine Geschichte, die er sich beim Einkaufen zurechtgelegt hatte, um Johannes Mut zu machen, der sich eine Ananas nahm und sie mit dem Brotmesser zu zerteilen begann.

Es ging um ein mittelgroßes, felliges Tier, das vor Kurzem an einem warmen Sommerabend ins Haus gehuscht und in den Abstellraum geflohen war. Anna und Tim hielten es für einen Siebenschläfer, obwohl sie noch nie einen gesehen hatten, und sie hatten keine Ahnung, was sie mit ihm tun sollten, nachdem sie die Tür zum Abstellraum geschlossen hatten, das Tier hatte sich verkrochen und würde über Nacht vielleicht aus Hunger die Kabel des Gefrierschranks durchbeißen, sodass sie am nächsten Morgen statt der von Tims Mutter vorgekochten Gerichte Matsch in den Schubladen finden würden. Tim hatte eine Idee: Er würde das Tier mit dem Kescher fangen, den er für ihren nächsten Angelurlaub gekauft hatte: zuerst dem Siebenschläfer Essen hinstellen, vielleicht einen Apfel und Haferflocken, und dann, wenn er frisst, den Kescher über ihn stülpen, schnell drehen, und zack, schon zappelt er im Netz! Aber Anna hatte ihn nur ausgelacht, «Kescher und Apfel, du spinnst. Ich rufe morgen früh den Tierbändiger an, oder wie das heißt, Kammerjäger». Als der Kammerjäger, der jetzt übrigens PEST-CONTROL hieß, um acht Uhr morgens vor der Tür stand, habe er einen Kescher in der rechten und einen Apfel in der linken Hand gehalten. Nach einer Minute war er aus dem Hauswirtschaftsraum zurück mit dem Tier im Kescher, das Netz einmal umgeschlagen. «Ich habe ihn zur Sicherheit gefragt, ob die auch Haferflocken mögen, und auch das hat gestimmt», sagte Tim und sah Johannes zufrieden an: «Siehst du, man muss an seine Ideen glauben. Sie sind oft viel besser, als man denkt, und sie fliegen uns zu, wenn wir nicht damit rechnen.»

«Und was hat der Mann mit dem Tier gemacht?», fragte Johannes. «Er wollte den Siebenschläfer auf einer Tour absetzen, aber weit genug weg von uns, und es muss ein Fluss dazwischenliegen, sonst findet er zurück.» «Ja», antwortete Johannes nachdenklich und sah von seiner fertig geschnittenen Ananas hoch in irgendeine Ferne, «es muss ein Fluss dazwischenliegen, sonst kommt er wieder zurück.» Dann wusch er sich die klebrigen Finger und zog energisch sein Notebook aus dem Rucksack, auf dem er eine Präsentation für die Probestunde vorbereitet hatte. Er startete sie, dann stand er auf und trat vom Küchentisch zurück.

Er erklärte Tim, der zu ihm hochsah, wie er in die Klasse hereinkommen und nicht zu schnell durch die Reihen nach vorn zum Pult gehen würde. Die Klasse würde ihn beobachten, prüfen, mit Blicken röntgen. Er würde ein schwarzes T-Shirt unter einem schwarzen Sakko tragen, das schien ihm für einen Kunstlehrer die angemessene Kleidung zu sein. Er war auch beim Friseur gewesen, wie Tim gleich beim Eintreten lächelnd bemerkt hatte, Locken halblang. «Ich werde Guten Morgen sagen, und dann wird alles still sein. Ich stöpsele das Notebook ein und aktiviere den Beamer. Das habe ich neulich beim Vorbereitungsbesuch ausprobiert, klappt alles. Du musst dich jetzt gelangweilt auf den Tisch stützen», sagte er zu Tim, «du spielst die Schüler, du bist sechzehn.» «Aber immer.»

Auf dem Schirm des Notebooks leuchtete ein Bild der Sixtinischen Kapelle auf, zu der Johannes einige erläuternde Sätze sagte. Tim riss sich vom Tisch aus dem Halbschlaf hoch und sagte laut gähnend: «Da warn wir doch. Klassenfahrt.» Ohne darauf einzugehen, schaltete Johannes weiter zur Erschaffung Adams und zeigte der Klasse eine Detailaufnahme der ausgestreckten Finger, die sich aufeinander zubewegen: Gott gibt Adam durch die Fingerspitze das Leben. «Die Energie», sagte Tim mit gekonnt verstellter Stimme. «Ja, gut, die Energie. Wie ist die Handhaltung Adams?», fragte Johannes. Tim meldete sich und fragte, diesmal mit Jünglings-Besserwisser-Stimme, wieso das die Erschaffung sein solle? Es würde sich vielmehr um den Moment nach der Erschaffung handeln, als Gott Adam wieder loslässt. «Er muss jetzt allein klarkommen. Dazu passt auch sein trauriges Gesicht.» Johannes wies dagegen auf den Körper Gottes hin, auf den Faltenwurf und die Haare. Daraus ginge die Bewegungsrichtung hervor, und die sei ganz eindeutig: «AUFEINANDER ZU!»

«Das ist nicht gut», sagte Tim, jetzt in der Rolle als Johannes-Berater. «An so einer Stelle musst du es laufen lassen. Nicht immer recht haben wollen.» «Stimmt», antwortete Johannes. Dann fuhr er fort. «Schreibt bitte auf, was euch zu diesen beiden Händen einfällt. Zum Thema Belebung und Berührung – oder auch zum Thema Abschied und Loslassen», wobei er zu dem kritischen Jüngling ganz außen herüberblickte. Tim nahm einen Stift aus der Tischschublade, sehr langsam und mit hochgezogenem MUSS-DAS-SEIN-BLICK, aber er schrieb ein paar Worte auf. Johannes blickte zufrieden.

Die fünf Minuten waren um. «Was habt ihr aufgeschrieben? Fängst du hier vorne an, Lilly?» Lilly hatte vorhin gelächelt, und Johannes hatte dankbar zurückgeblickt. Sie las alles Mögliche vor, von losgelassenen Pferden, von E. T.s leuchtendem Finger und von ihrer kleinen Schwester, die sie im Kindergarten abgibt, und dabei berühren sie sich noch einmal ganz kurz, was keiner sieht. «Energieströme», sagte einer, und auf das Lachen eines anderen hin: «Meine Mutter ist HEILPRAKTIKER, ALTER, die weiß das.» Johannes lenkte das Gespräch geschickt zu den

Farben des Deckengemäldes und zeigte der Klasse, wie die Sixtinische Kapelle vor der großen Restaurierung aussah. Und so ging es weiter, sie kamen auf die Komposition der «Erschaffung» zu sprechen, «was würdet ihr denken, wann das Bild entstanden ist?» «Mittelalter.» «Wer ist für Mittelalter?»

Das lief jetzt zu glatt. Aus einer Jungsgruppe heraus, die bisher völlig im Dämmer versunken war und neutralisiert über den Tischen hing, fragte einer, ob Michelangelo eigentlich schwul war? «Ich kenne ein Pferd von ihm, aus Marmor oder aus Stein, und dieser Pferdearsch, der ist wirklich total schwul.» Eine Diskussion setzte ein, in der Lilly fragte, wieso «dieser Penis da», und sie zeigte auf Adams Penis, so klein sei. Alle lachten, aber Johannes lenkte die aufkommende Diskussion wieder in eine produktive Bahn, und schließlich kam ihm der Gong zur Hilfe. «In der nächsten Stunde sehen wir uns das Programm der gesamten Sixtinischen Kapelle an», konnte er noch in das Rascheln, Aufstehen, Scharren und Reden hineinrufen. «Was 'n für 'n Programm?», rief Tim beim Hinausgehen. Bei dieser Gelegenheit konnte er auch gleich den fertigen Obstsalat in den Kühlschrank stellen und sehen, ob eigentlich Schlagsahne da war.

«Puh», seufzte Johannes, «ist ganz gut gelaufen.» «Du hast Talent, das merkt man sofort.» Sie setzten sich wieder normal gegenüber hin. «Weißt du, ich möchte schon gerne in die Schule.» Er erzählte von seinem Besuchstag dort, wie er im überdachten Schulhofgang stand, das Summen der Schülerstimmen im Ohr. Vielleicht könnte das ein Ort sein, wo er tatsächlich gebraucht würde? Vieles wie früher: Diese abblätternden Metallstangen. Diese runden Metallpapierkörbe. «Du hast sie immer als Basketballkorb benutzt, für Brotpapierkugeln, Pfirsichkerne und Getränkedosen.» Auch im Lehrerzimmer kam ihm alles hell und freundlich vor. Die Religionslehrerin habe er ja schon erwähnt, und sie sagte auch, dass sie sich auf ihn als neuen Kollegen freue. Und als er über den Schulhof nach Hause ging, musste er sich beherrschen, um nicht einen Tennisball zu kicken, der von einem Regenschauer durchnässt dort lag, ein Schuss mit einem nassen Tennisball gibt eine rollende Fontäne quer über den Hof. Tim nickte.

«Als Lehrer wäre ich Quereinsteiger», sagte Johannes, «das würde doch passen?» «Ja», sagte Tim, «das würde wirklich passen.» Und er dachte noch: «Und dann macht er sich gut, Bedarf an Lehrern ist vorhanden, die Welt braucht seltsame Kunstlehrer, er wird blitzschnell Beamter, während ich gefeuert werde und mein Glasgebäude schmerzlich verlassen muss und viel Zeit habe, meine FRAGMENTE zu schreiben, und dann ist WIRKLICH ALLES GENAU UMGEKEHRT, so, wie es Anna immer prophezeit hat.»

Auf sandigen Kurvenwegen unter hohen Buchen durch den Park, Anna im neuen leichten Mantel, taubengrau gebauscht, Doris neben ihr, die mit dem Smartphone fotografiert und sich die Bilder ansieht: Blätter flirren im Wind, zwischen den Zweigen sieht man auf dem Hügel Schloss Sanssouci liegen. Anna hat Doris schon früh abgeholt, sie sind noch müde, angenehme Müdigkeit, in der alles gedämpft zu ihnen dringt. Während eines Regenschauers bleiben sie unter dem hohen Blätterdach einer Blutbuche stehen, schon etwas eingefärbt und ausgedünnt, aber es hält die Tropfen noch ab. Der Wind reißt den Himmel schnell wieder auf. Mit Tim wollen sie sich am großen Bassin unterhalb des Schlosses treffen.

Er sitzt dort auf einer Bank und sieht sich die Götterfiguren aus weißem Marmor an, die das Becken umstehen. Die sind mit ihren Spielen beschäftigt. Da ist Zeus, der eine Kuh krault. Aber diese Kuh ist in Wirklichkeit seine Geliebte, die er blitzschnell verwandelt hat, damit sie von seiner Frau nicht erwischt werden. Die steht auf der anderen Seite und umarmt einen Pfau, um sich zu trösten. Eine Göttin pflegt gründlich ihre Füße, eine andere erntet Korn, Demeter, wie Tim aus seinem Bioladen weiß. Man überbringt sich geheime Nachrichten, man verzaubert sich, man erwacht und ist starr vor Entsetzen. Wirklich gelassen sind auch die Götter nicht, auch in ihrem Leben gibt es peinliche Episoden, die sie vergessen müssen.

Dann sieht er Johannes hinterher, der die weite geschwungene Treppe den Hügel hoch zum Schloss eilt. Er will zum Königsgrab, weil es ihm so gefällt, dass Friedrich der Große neben seinen Hunden begraben liegt. «Das ist doch wirklich groß, findest du nicht: der König, und direkt daneben die Grabplatten der Hunde?» Außerdem hat er etwas über die Philosophie Friedrichs des Großen erzählt, der Materialist war, was damals eine Provokation darstellte, sodass er es nicht öffentlich sagen durfte. «Er läuft sich als Lehrer warm», denkt Tim, «bald stellt er seinen Freunden am Abend Wissensfragen, aber das mit den Hunden stimmt schon.»

Der Sommer geht jetzt wirklich zu Ende. Auf den Wiesen im Park schon gelbe Blätter. Beim Brötchenholen hat Tim mit Elias einen Igel gesehen, der raschelnd im Gebüsch verschwand. Er muss sich für den Winter etwas anfressen, hat er Elias erklärt, der neben ihm auf einer Gartenmauer lief, und als Tim zu ihm hochsah, wusste er plötzlich wieder ganz genau, wie es sich anfühlt, als Kind auf einer Mauer zu laufen, und unten geht der Erwachsene, der dir manchmal die Hand reicht und probeweise loslässt. Wieder hat er das Gefühl, so leicht durch die Zeit zu gleiten, aus der Gegenwart zu einem Punkt in der Vergangenheit und wieder zurück – so wie das Eichhörnchen jetzt in der Buche über seiner Bank, das über erstaunlich dünne Zweige eilt und springt.

Anna legt Doris den Arm um die Schulter, woher sind sie gekommen? Diese Vororte, diese Kehren am Straßenende und die stillen, weit heruntergezogenen Hausdächer. Von dort sind sie losgefahren, mit dem hart gefederten Golf GTI über die alten Landstraßen. Rillen, Betonplatten, Rumpeln, kleine Schläge die Wirbelsäule hinauf. Sie hüpften im Tanzkreis oder standen am Rand und legten sich die Arme um die Schultern, im Party-Nebel der Verantwortungslosigkeit, «cause we are living in a material world, and I am a material girl».

Doris löscht im Gehen die unscharfen Fotos und zeigt ihr die anderen. Anna sieht auf dem Display ihr Gesicht, einzelne Züge, die alt sind, aber die Wangen ganz jung, es ist wie eine Kippfigur von der jungen Frau zur alten Hexe, wenn man sich konzentriert, springt das Bild hin und her. Wieder das Lied, wo werd ich sein im künftigen Leben? Sie wird Macht verlieren, wenn das Begehren schwächer wird, aber vielleicht, so hat sie neulich das erste Mal gedacht, wird sie wieder frei wie als Mädchen. Denn am Ende steht keiner und klatscht dich ab, weil du alle Erwartungen erfüllt hast. «Sieht aus wie Ballonstoff», sagt Doris und meint Annas neuen Mantel.

Als Doris neu in die Klasse kam, bat der Lehrer Anna, sich um sie zu kümmern. Im folgenden Sommer haben sie gemeinsam während einer Projektwoche einen Surfkurs belegt, den einige Oberstufenschüler anboten. Die hatten ausschließlich Mädchen in ihren Kurs aufgenommen, angeblich hatte das Losverfahren es so ergeben. Zähneklappernd standen Doris und Anna auf ihren kippeligen

Brettern und lächelten sich zu, während die Jungs sie vom Ufer aus beobachteten. So etwas verbindet, und noch immer stehen sie auf solchen Brettern und versuchen, die Balance zu halten.

Jetzt sehen sie das Schloss, das hell auf dem Hügel liegt, so, als habe es gar kein Gewicht, das sich an den Hügel schmiegt, und Doris kneift die Augen zusammen im Licht, aber sie behält es im Blick, Sanssouci eben. Aber solche Schlösser gibt es selten. Wahrscheinlich war es ein Wunsch an einem Sonntagvormittag, denkt sie, der dann, plopp, Zauberblase, auf dem Hügel stand. Im Oktober wird sie an einem Segeltörn durch die Ägäis teilnehmen, mit dem Kulturmenschen aus der Nachbarstadt, mit dem sich doch eine testende Beziehung ergeben hat, als Teil einer Crew aus sechs Personen. Aber kein Zweierurlaub, jeder mit eigener kleiner Kabine. Im Herbst soll es in der Ägäis sehr stürmisch sein, man muss sich auf dem Boot anbinden, aber das schreckt sie nicht.

Als sie das erzählt, muss Anna an den gemeinsamen Sommer in Griechenland denken, an die rüttelnde Fahrt im gelben Jeep aus den Bergen ans Meer herunter und auch an die Idole, diese kantigen Frauen. Was du brauchst, sind schützende Begleiter, und vielleicht war damals schon Doris gemeint, mit ihren Katzenaugen und ihrer Kurzhaarfrisur, die neben ihr saß und mit der sie jetzt wieder ein Stück zusammen fährt, im Winter, wenn sie vom Segeltörn zurück ist, will Anna sie besuchen. Plötzlich eine starke Bö, Unruhe und Rufe rundherum, Mützen und Trinkbecher fliegen umher, Haare hängen ins Gesicht.

Da sehen sie das Bassin, in dem gerade die große Fontäne eingeschaltet worden ist, und die Bänke rundherum, Tim winkt ihnen zu. Sie setzen sich zu ihm auf die Bank, die ein wenig wackelt. «Johannes muss jetzt auch gleich zurückkommen», und Doris fällt ein, dass dieser einzige Johannes, den sie bisher kannte, dass sie mit dem gewandert ist, und Anna schließt die Augen und lehnt sich auf der Bank zurück, vielleicht lässt sich ein wenig Schlaf nachholen. «Das ist ja DER», hört sie plötzlich Doris laut sagen. Johannes kommt auf sie zu, wird langsamer und bleibt vor der Bank stehen. Doris steht auf und mustert ihn, nimmt ihn geradezu ins Visier, während Johannes mit offenem Mund dasteht, was Tim gefällt, weil es nicht so oft vorkommt. Alle sind still, nur die Fontäne rauscht, sprüht und plätschert. «Damals in den Bergen, blauer Ford-Transit, Brentagruppe, du hast auf mich gewartet, als mir schwindlig war, an dieser ganz schmalen Stelle auf dem Grat», stellt Johannes fest. «Könnt ihr das genauer erklären?», fragt Anna lächelnd.

Sie tauschen sich aus und tragen die Erinnerung zusammen: Doris weiß noch, dass ihre Gruppe Johannes, der allein auf dem Campingplatz zeltete, zum Wandern mitgenommen hat, aber dass sie auf der Wanderung Bedenken bekamen, weil er so unsicher an den Abhängen herumbalancierte. «Und dann hast du uns so komische Asterix-

Fragen gestellt.» Tim wirft ein: «Wie heißt der Ägypter, der in Asterix als Legionär ein Zimmer mit Blick zur Straße verlangt?» «Ja, so in der Art.» «Tennisplatzis», antwortet Johannes schnell und wegwerfend, denn er ist begeistert von diesem Zusammentreffen und erzählt weiter, wie sie neben der Hütte zusammengesessen haben; dass Doris ihren Kopf in seinen Schoß gelegt hat, spart er erst einmal aus. «Nach diesem Sommer habe ich mein Gesellenstück gebaut», sagt Doris nachdenklich. «Der dreibeinige Tisch, den du mir geschenkt hast?», fragt Anna, um auch etwas beizutragen. «Nein, eine Standuhr», antwortet Doris, und zu Johannes gewandt: «Jetzt erinnere ich mich an alles.» Johannes geht näher an sie heran: «Und da ist die kleine Narbe an der Schläfe.» «Von dem Stein, der auf dem Schulhof im Schneeball war», ergänzt Anna. Sie guckt ganz feierlich, solche Momente mag sie, wer könnte sich denn SO ETWAS AUSDENKEN?

Doris nimmt wieder Platz, Johannes setzt sich zu ihnen auf die Bank, die wirklich nicht ganz stabil ist und noch stärker wackelt. Da Tim plötzlich wieder einfällt, was ihm blüht, gerade jetzt, da alles auf die erfreuliche Bahn gerät, steht er auf und zieht Johannes mit hoch auf die Wiese. Dort spielen zwei Jungen allein Fußball, zu denen sie sich gesellen. Mit Stöckchen und Pullovern markieren sie die Pfosten. Es kann losgehen, und schnell steht es drei zu null für die anderen, die natürlich besser eingespielt sind, aber dann erzielen Johannes und Tim ein schön herauskombiniertes Tor. «Wir kommen aus der Tiefe des Raums», lacht Johannes, und das stimmt auf jeden Fall. «Aber irgendwann muss es auch einmal so bleiben, wie es gerade ist», findet Tim und sieht zu Anna hinüber. Sie ist sehr fruchtbar, sie würde sofort schwanger werden, sie hätten zwei Kinder, zwei Anker. Aber er weiß auch, dass das nicht stimmt, dass gar nichts uns festhält, und prompt rutscht er bei einem Rettungsversuch vor dem eigenen Tor aus. Seine Geldbörse fällt aus der Hosentasche, er muss die Karten und all das Zeug, das er aufgeräumt hatte, wieder einsammeln. Die alte Monopoly-Karte, die er aufbewahrt hat: «GEHE IN DAS GEFÄNGNIS. BEGIB DICH DIREKT DORTHIN. GEHE NICHT ÜBER LOS. ZIEHE NICHT DM 4000 EIN.» Aber so schlimm wird es wohl nicht kommen, am Montag, also morgen.

Als er einen Schuss der anderen abwehrt, muss er bis ans Ende der Wiese hinter dem Ball herlaufen. Er fabriziert im Zurücklaufen einen hohen Abschlag zu Johannes, der ihn volley nimmt und direkt versenkt. Das Pfostenstöckchen zittert noch nach. Johannes ist begeistert, alles wendet sich zum Erfolg, er zieht seinen Pullover aus und legt den Ball sofort für die anderen zum Anstoß bereit. Doris sieht einigermaßen skeptisch zu ihm herüber, blickt dann zu Anna, die ganz verträumt ausschaut. «Woran denkst du?» «Ach, nichts.» Johannes lässt einen der Jungen über die Klinge springen und ruft «Ball gespielt». Sie schaffen noch den Drei-zu-drei-Ausgleich und umarmen sich, aber die Jungen müssen jetzt leider nach Hause und scheinen froh zu sein, dass sie wegkommen.

Tim und Johannes gehen zur Bank zurück. Die Sonne wühlt sich wieder durch die Wolken. Zur Fontäne hinüberblinzeln. Anna denkt ans Meer und an das Rasseln der Kiesel am Strand, wenn die Welle zurückrollt. «Hoffentlich ist dieser Lehrerjob das Richtige für Johannes», denkt Tim, «ich merke doch, dass er sich freut. Damals in der WG haben wir uns Sätze diktiert, in denen es um DIE WELT ging, die habe ich vergessen, aber immerhin sitzen wir noch nebeneinander auf einer wackelnden Bank, und noch ist nicht Montag.» «Wenn ich später einmal wieder etwas mit Holz mache, bau ich uns eine bessere Bank», erklärt Doris. Johannes denkt an Winona Ryder, und über den Mittagshimmel ist ein dicker roter Strich gezogen.

Jetzt kommt von irgendwoher aus dem Schlosspark eine Trompetenmelodie. Doris dreht sich um, kann aber keinen Bläser entdecken, und Anna zuckt mit den Schultern. Es sind lang gezogene Töne. Früher hat man in einem Schlosspark vielleicht einen Aufbruch zur Jagd gespielt, aber heute? Die Melodie ist auch viel ruhiger. «Was ist das für ein Lied?», fragt Doris und sieht Johannes an, weil sie meint, dass er vielleicht dafür zuständig ist. Tim weiß auch keine Antwort. Sie hören weiter zu, denn diese Fanfare klingt alt und fremd, aber sie bewegt sie, «wie jemand, der loszieht und gleichzeitig traurig ist», sagt Johannes. «Hört auf», sagt Anna, «ich bekomme sonst

Gänsehaut.» «Dankbarkeit und Klage», ergänzt Johannes, um sie noch weiter zu rühren, eine Windbö trägt die Töne noch klarer herüber. Wenn sie alle still sitzen, wackelt die Bank nicht. Irgendwo in ihrem Rücken wird diese Melodie gespielt, aber woher sie kommt, das können sie nicht sehen.

Aus dem Verlagsprogramm

Anna Katharina Fröhlich

Rückkehr nach Samthar
Roman

268 Seiten. München 2018

Adolf Muschg

Heimkehr nach Fukushima
Roman

244 Seiten. München 2018

Marjana Gaponenko

Der Dorfgescheite
Ein Bibliothekarsroman

ca. 288 Seiten. München 2018

Hans Pleschinski

Wiesenstein
Roman

554 Seiten. München 2018

Lilian Loke

Auster und Klinge
Roman

313 Seiten. München 2018

Matthias Göritz

Parker
Roman

299 Seiten. München 2018

Bernard MacLaverty

Schnee in Amsterdam

Roman

Aus dem Englischen von Hans-Christian Oeser

ca. 288 Seiten. München 2018

Antonio Ruiz-Camacho

Denn sie sterben jung

Stories

Aus dem Englischen von Johann Christoph Maass

205 Seiten. München 2018

Jean-François Désérable

Ein gewisser Monsieur Piekielny

Roman

Aus dem Französischen von Sabine Herting

256 Seiten München 2018

Kent Nerburn

Nicht Wolf nicht Hund.

Auf vergessenen Pfaden mit einem alten Indianer

Aus dem Englischen von Sky Nonhoff

ca. 352 Seiten. München 2018

Alexander Münninghoff

Der Stammhalter

Roman einer Familie

Aus dem Niederländischen von Andreas Ecke

ca. 336 Seiten. München 2018